D0909121

BIBLIOTHÈQUE
MUNICIPALE DE CANTLEY

Avis de tempête

© 2009 par Disney Enterprises, Inc.

Publié par Presses Aventure, une division
de Les Publications Modus Vivendi Inc.
55, rue Jean-Talon Ouest, 2ᵉ étage
Montréal (Québec) H2R 2W8
Canada

Publié pour la première fois en 2009 par Disney Press
sous le titre *Stories from East High #9, Ringin' it in*

Traduit de l'anglais par Hélène Pilotto

Dépôt légal - Bibliothèque et Archives nationales du Québec, 2009
Dépôt légal - Bibliothèque et Archives Canada, 2009

ISBN 978-2-89660-012-0

Nous reconnaissons l'aide financière du gouvernement du Canada par
l'entremise du Programme d'aide au développement de l'industrie de
l'édition (PADIÉ) pour nos activités d'édition.

Gouvernement du Québec – Programme de crédit d'impôt pour l'édition
de livres – Gestion SODEC

Imprimé au Canada

HIGH SCHOOL MUSICAL

Avis de tempête

Troy Bolton

Troy est le garçon le plus popu-
laire d'East High, et le capitaine
des Wildcats, l'équipe de
basket du lycée. C'est un garçon sympathique
et généreux. Sa prestation dans la comédie
musicale *La Nuit Étoilée*, aux côtés de
Gabriella, lui a révélé sa passion pour le chant,
mais il a parfois du mal à tout concilier…

Gabriella Montez

Gabriella est une élève modèle
du lycée. Elle est non seule-
ment belle et intelligente, mais en plus, elle a
une voix magnifique. Elle a obtenu le premier
rôle de la comédie musicale du lycée, ce qui l'a
beaucoup rapprochée de Troy. Pourtant, elle est
parfois timide et peu sûre d'elle.

Taylor McKessie

Taylor est l'une des élèves les plus brillantes d'East High. Son équipe scientifique a d'ailleurs gagné un concours de chimie. Grâce à son amitié avec Gabriella, Taylor s'est rapprochée de Troy et Chad…

Chad Danforth

Membre des Wildcats, Chad est
un excellent joueur de basket.
Parfois, il semble même qu'il ne pense qu'à ça !
C'est un des meilleurs amis de Troy, toujours
prêt à s'amuser et à rire.

E
H
S

Sharpay Evans

Sharpay est avant tout une excellente chanteuse, danseuse et comédienne. C'est aussi une jeune fille qui sait ce qu'elle veut, et qui est bien décidée à se battre pour réussir. Elle s'implique totalement dans sa passion pour le spectacle !

Ryan Evans

Quand Sharpay apparaît, Ryan, son frère, n'est jamais loin ! Il est lui aussi un artiste de talent, et adore la scène. Cet excellent danseur et chorégraphe sait se mettre en avant, et a un sens de la mode très personnel !

De la neige fraîche recouvre la station de ski Sky Mountain. Les flocons scintillent sous le soleil. Le ciel est d'un bleu clair et pur. L'air vif est imprégné d'une odeur de pin.

On dirait une magnifique carte postale, se dit Gabriella Montez. La vue du bâtiment principal réveille en sa mémoire de merveilleux souvenirs de son séjour ici, l'an dernier, et de sa première rencontre avec Troy Bolton.

Comme s'il devinait ses pensées, Troy arrive derrière elle et lui murmure à l'oreille :

— Ça te dirait de chanter au karaoké, ce soir ?

Quand elle se retourne pour lui sourire, il ajoute, moqueur :

— À moins que tu ne préfères rester au coin du feu pour lire un bon livre ?

— Pas question ! s'esclaffe-t-elle. Je ne vais pas passer une seule minute de ces vacances toute seule, alors que je peux m'amuser avec mes amis.

Gabriella regarde derrière Troy en direction des autres Wildcats qui bavardent joyeusement tout en sortant leurs valises des coffres des voitures.

Quelle différence entre l'an dernier et aujourd'hui ! songe-t-elle. L'an dernier, à pareille date, j'étais triste parce que je déménageais; je ne me préoccupais que de mes études et j'étais convaincue que je ne me ferais jamais d'aussi bons amis que ceux que je venais de laisser derrière moi. Et aujourd'hui…

— Bon, les jeunes, il est temps de compter vos bagages et de vous assurer que vous avez toutes vos affaires, lance l'entraîneur Bolton, le père de Troy. Nous pourrons procéder à l'enregistrement puis commencer à nous amuser un peu !

Les acclamations fusent. Ce sont les parents de Troy qui ont eu l'idée d'organiser ce voyage de groupe à la station de ski que la famille Bolton fréquente depuis des années. Ils ont parlé de leur projet aux autres parents et, rapidement, les vacances d'hiver sont devenues le prétexte à une autre belle aventure pour les Wildcats. Mme Montez s'est gentiment portée volontaire pour accompagner le groupe, en plus de M. et Mme Bolton. Après un tourbillon d'appels, Chad Danforth, Sharpay et Ryan Evans, Taylor McKessie, Zeke Baylor, Jason Cross et Kelsi Nielsen ont tous obtenu la permission de faire partie du voyage.

— À ce rythme-là, ça va prendre des heures pour l'enregistrement, soupire Troy en désignant d'un signe de tête Sharpay et Ryan qui déchargent leurs bagages de leur voiture.

Sharpay a neuf valises. Elles sont toutes de cette couleur qu'elle se plaît à nommer le « rose Sharpay » et elles sont toutes marquées de ses initiales. Elle porte un nouveau blouson de ski, un chandail et des pantalons, l'ensemble est évidemment rose. Son frère Ryan est dans l'allée. Lui aussi a des vêtements de ski neufs et il est coiffé d'une casquette de ski à rayures. Il croise le regard de Gabriella et lui envoie un signe amical de la main.

— Ryan ! dit Sharpay d'un ton sec. Tu es censé t'occuper de nos bagages !

— C'est ce que je fais, proteste-t-il.

— Vraiment ? Dans ce cas, peux-tu m'expliquer pourquoi je me souviens clairement d'avoir compté neuf valises lorsque nous avons chargé la voiture et que je n'en compte plus que huit maintenant… ?

— O. K., attends un instant.

Il plonge sur la banquette arrière et en ressort quelques secondes plus tard, une mallette de toilette à la main.

— Et voilà.

Sharpay hoche majestueusement la tête.

— Très bien. À présent, allons à l'enregistrement pour voir ce qu'on nous propose. Je compte bien avoir la suite présidentielle, *au minimum*.

— Ça m'étonnerait, Sharpay, commente Chad en passant près d'elle. La suite présidentielle n'est-elle pas réservée… eh bien, tu sais… au président ? demande-t-il en roulant des yeux.

Sharpay donne un petit coup de tête et déclare d'un ton mordant :

— Ou à quelqu'un *d'aussi* important.

En entendant cela, Taylor soupire bruyamment et transporte sa valise jusqu'à l'endroit où se trouvent Gabriella et Troy qui discutent avec Kelsi.

— C'est une super idée que tes parents ont eue, lance Kelsi à Troy. Ça sera tellement amusant de célébrer le Nouvel An à la montagne.

— Sans oublier les quatre jours à dévaler les pentes, ajoute Jason.

— Cette poudreuse a l'air géniale, approuve Zeke.

Il a une planche à neige coincée sous un bras et son visage exprime une grande hâte.

— J'ignorais que ce genre de poudre non sucrée pouvait t'intéresser, plaisante Chad.

L'amour de Zeke pour la pâtisserie l'a récemment poussé à passer un mois intensif à percer tous les secrets entourant la fabrication des beignets.

— Hé ! J'apprécie aussi sortir de ma cuisine de temps à autre, réplique Zeke. En fait, j'ai l'intention de réussir à faire un hélico durant ces vacances !

— Et moi, je m'attaque à la double rotation arrière ! renchérit Jason. J'y suis presque arrivé l'an dernier. Je suis certain que cette fois, je vais réussir. Tu viens, Chad ! On peut être sur les pentes dès cet après-midi si on se dépêche un peu.

— Ah, ouais, ça serait chouette, répond Chad avec un peu trop d'entrain. Puis, il jette un coup d'œil au ciel et ajoute : Mais je ne crois pas que ce sera possible aujourd'hui. Il fera sombre très bientôt et on dirait que le ciel se couvre de nuages. Une tempête s'apprête peut-être à nous tomber dessus...

Gabriella regarde Chad avec un drôle d'air. D'habitude, il est toujours le premier à se lancer dans n'importe quelle nouvelle activité sportive. Elle est étonnée de l'entendre aussi hésitant.

Troy scrute le ciel.

— Oh, voyons! Il fait encore clair, proteste-t-il. Si on se presse, on peut probablement réussir à passer au moins une heure sur la montagne. Et puis, les nuages ne semblent pas *aussi* menaçants que tu le dis.

Un jeune homme qui se trouve tout près intercepte leur conversation. Il a les cheveux foncés, les yeux bleu clair et il porte un blouson de la station de ski Sky Mountain. Il s'avance tranquillement vers eux et se présente.

— Bonjour à tous. Je m'appelle Matt Hudson.

Sharpay accourt vers eux avant même que quiconque n'ait eu le temps de répondre.

— Salut, roucoule-t-elle. Je m'appelle Sharpay. Ravie de te rencontrer! As-tu déjà séjourné ici?

— Eh bien, ouais, répond Matt avec un large sourire. À vrai dire, je travaille ici. Je fais partie de l'équipe de secouristes à skis. C'est une façon comme une autre de travailler pour payer mes études universitaires.

— Vraiment ! s'exclame Sharpay qui semble encore plus intéressée après avoir entendu cela. L'équipe de *secouristes* à skis ? Ça semble très héroïque. *Et* dangereux.

— Ouais, ça, c'est un chouette boulot, approuve Zeke avec une pointe d'envie dans la voix.

— Eh bien, ce n'est pas dangereux quand on sait ce qu'on fait, réplique Matt.

— Est-ce que tu portes secours à beaucoup de gens ? demande Kelsi.

— Ça dépend, répond Matt. Parfois, il y a beaucoup d'action et d'autres fois, c'est plutôt tranquille. Une bonne partie du travail consiste à informer les gens des mesures de sécurité à suivre et à les avertir en cas de mauvais temps. C'est pour ça que je voulais vous parler. Je sais que vous venez à peine d'arriver, alors vous n'avez sûrement pas entendu parler de la tempête que nous surveillons. Elle est censée arriver ce soir. Nous conseillons donc aux gens de ne pas aller sur les pistes avant demain.

— Oh, c'est dommage ! commente Chad. J'avais vraiment hâte d'aller essayer certaines nouvelles figures.

Gabriella lui décoche un autre regard perplexe. Chad ne semble pas du tout déçu. En réalité, il semble plutôt soulagé. Zeke et Jason ont l'air un peu déconfits, tandis que Troy, lui, se contente de hausser les épaules.

— Mieux vaut prévenir que guérir. De toute façon, il y a plein d'autres choses à faire aujourd'hui. Aller patiner, jouer à des jeux vidéo, écouter de la musique au club des jeunes et, bien sûr, se faire une petite partie de basket !

Le visage de Chad s'illumine lorsqu'il se souvient que la station de ski possède aussi un terrain de basket-ball, le *nec plus ultra* des terrains de basket.

— Bonne idée, capitaine ! lance-t-il pendant que Jason tape dans la main de Zeke.

Taylor roule des yeux étonnés en se tournant vers Gabriella et Kelsi.

— Tu crois qu'un jour ils se lasseront du basket ? murmure-t-elle.

— Laisse tomber, répond Gabriella avec un grand sourire. Ce serait comme si toi et moi, on se lassait d'aller à la bibliothèque !

— Ou que je me lassais de jouer du piano, ajoute Kelsi avec un sourire timide.

— Amusez-vous bien, vous tous, conclut Matt. Et faites-moi signe si vous voulez des tuyaux sur les meilleurs endroits pour faire de la planche. Je passe la majeure partie de mon temps libre sur la montagne.

— Merci, répond Troy. Ça semble super.

Sharpay suit Matt des yeux pendant qu'il s'éloigne.

— Il a l'air gentil. Et *absolument* mignon, déclare-t-elle.

Son regard se promène jusqu'à Troy, puis se pose sur Gabriella.

— Tu ne trouves pas, Gabriella ? ajoute-t-elle d'une voix mielleuse.

Gabriella hésite. Elle n'a pas envie de se lancer dans une discussion avec Sharpay au sujet des autres garçons et de leur beauté… surtout pas quand Troy se trouve juste à côté !

— Eh bien… commence-t-elle lentement.

Elle n'a aucune idée de ce qu'elle va dire ensuite mais, heureusement, sa mère arrive au même moment et la tire d'embarras.

— Les filles, si vous avez toutes vos affaires, je crois que vous allez pouvoir vous inscrire, dit-elle en souriant.

Pendant que Sharpay reste dehors pour donner des ordres à Ryan et lui expliquer comment empiler ses valises avant de pénétrer dans le hall de l'hôtel, Gabriella, Taylor et Kelsi passent les portes principales du bâtiment, imitées par la plupart des autres Wildcats. Les trois filles remarquent tout de suite l'énorme affiche posée sur un chevalet.

« CONCOURS DE KARAOKÉ DU RÉVEILLON DU JOUR DE L'AN ! INSCRIVEZ-VOUS DÈS MAINTENANT ! » peut-on lire sur l'affiche en gros caractères scintillants.

— Hé, Gabriella ! appelle Taylor d'un ton moqueur. On dirait que ce concours a été conçu spécialement pour Troy et toi !

Gabriella sourit. Tout le monde sait que Troy et elle se sont rencontrés à la Saint-Sylvestre, l'an dernier, à cette même station de ski. On les avait poussés à participer ensemble à un concours de karaoké. C'est à ce moment qu'ils se sont tous les deux découverts un amour de la chanson… et bien des atomes crochus. La soirée avait été magique et Gabriella n'a jamais cessé d'y repenser depuis qu'il a été question d'un nouveau séjour ici. Mais dans le tourbillon qui a précédé les préparatifs du voyage, Troy et elle n'ont pas eu la chance de passer beaucoup de temps ensemble.

Elle jette un coup d'œil du côté de Troy. Il est encore en train de discuter avec animation avec Chad, Zeke et Jason de toutes les activités géniales à faire au centre de villégiature, comme skier, faire de la planche à neige, patiner, jouer au basket dans le gymnase couvert ou nager dans la piscine olympique. Aussi, écouter de la musique au club des jeunes, cet espace réservé aux adolescents, et peut-être s'amuser une heure ou deux dans la salle des jeux vidéo… Mais la seule chose dont il *ne parle pas*, c'est bien de monter sur une scène pour chanter avec elle.

Enfin, se dit Gabriella. L'an dernier, nous étions tous les deux seuls en arrivant à cette fête. Cette année, c'est différent. Nous y sommes avec tous nos amis. De toute évidence, ce ne sera pas pareil. Et puis, cette soirée a été si particulière qu'il vaudrait peut-être mieux ne pas essayer de la faire revivre…

— Oh, je ne suis pas certaine de vouloir participer à ce concours ! répond Gabriella en essayant d'avoir l'air désinvolte devant cette perspective. Tu sais combien ça me rend nerveuse de me retrouver devant des spectateurs.

Taylor hausse un sourcil.

— Je crois que tu as réglé ce petit problème, commente-t-elle.

— Je le crois aussi, ajoute Kelsi. Surtout après avoir tenu le rôle principal dans la comédie musicale de l'école, et tout, et tout…

Gabriella rit, mais elle secoue quand même la tête.

— Non, dit-elle. Je veux me reposer et avoir du plaisir pendant notre séjour ici, et ne pas me casser la tête avec un concours de chant.

Au même moment, Sharpay arrive en coup de vent.

— Il n'y a pas d'accueil ? demande-t-elle. Où sont les employés ? Et la personne qui est censée nous faire passer rapidement à la réception ?

— Je crois que les employés sont très occupés, répond Gabriella en désignant d'un geste l'imposant groupe d'adolescents arrivé en autocar juste avant eux. En ce qui me concerne, je vais porter moi-même mon bagage. Ça ira plus vite.

Sharpay regarde la petite valise de Gabriella d'un air hautain.

— Oui, c'est facile de se déplacer rapidement quand on ne traîne avec soi qu'une garde-robe aux options limitées, lance-t-elle avec dédain. Moi, bien sûr, par respect pour mes admirateurs, je me dois d'être *toujours* habillée à la dernière mode. Et puis, je ne porte jamais deux fois la même tenue en vacances. Ce serait tout simplement trop ordinaire.

— Dans ce cas, j'imagine que tu vas devoir attendre ici jusqu'à ce que quelqu'un soit disponible pour porter toutes tes jolies tenues à ta chambre, réplique gentiment Taylor en soulevant son sac et en le lançant par-dessus son épaule. On se revoit dans quelques heures, Sharpay.

L'air renfrogné, Sharpay ouvre la bouche pour répliquer, mais elle aperçoit l'affiche annonçant un concours de karaoké juste au moment où Taylor commence à s'éloigner.

— Qu'est-ce que c'est ? demande-t-elle, les yeux brillants de plaisir. Un concours de chant ? Oh, Ryan, comme c'est merveilleux !

Elle survole le hall du regard et aperçoit Ryan en train de parler avec une jolie fille. Ils sourient et rient tous les deux. Sharpay hausse le ton :

— Ryan !

Il continue à parler avec la fille aux longs cheveux bruns et aux yeux bruns pétillants. On dirait bien que ni l'un ni l'autre n'a entendu Sharpay.

— Ryan ! hurle Sharpay.

— Hein ? Quoi ?

Ryan se retourne et aperçoit sa sœur qui fonce vers lui comme un ouragan. L'expression vague qui flotte sur son visage se transforme subitement en une expression de panique.

— Oh, salut Sharpay ! Laisse-moi te présenter. Voici Savannah Charles. Elle est ici avec le club de ski de son école et nous étions justement en train de discuter de…

— Oui, oui, oui, c'est bien gentil tout ça, le coupe Sharpay avec humeur, mais as-tu vu l'affiche annonçant un concours de karaoké ?

Elle désigne l'affiche d'un grand geste et ajoute :

— Il faut absolument nous y inscrire ! Je sais que nous pouvons gagner. Après tout, la plupart des gens qui chantent dans les karaokés sont de parfaits amateurs qui s'amusent à faire les idiots sur une scène. *Nous*, par contre, sommes de véritables professionnels ! Nous allons laisser toute compétition loin derrière !

Ryan jette un coup d'œil vers Savannah qui semble décontenancée par les paroles de Sharpay.

C'est vrai que ma sœur a pu paraître un peu rude, admet-il en lui-même. Pour ne pas dire agressive. Mais ça, c'est du Sharpay tout craché…

— Savannah, je te présente ma sœur, Sharpay, se hâte-t-il de dire. Tous les deux, nous sommes un peu des artistes de scène…

— Un peu ? répète Sharpay avec stupéfaction. *Un peu ?*

Elle s'adresse directement à Savannah, histoire de mettre les choses au clair.

— Ryan et moi, nous vivons pour la scène, déclare-t-elle sur un ton dramatique.

— Oh ! Eh bien, ça doit être formidable, répond Savannah. Ça a l'air plutôt amusant.

Sharpay plisse les yeux.

— Je vois. Si tout ce qui t'intéresse, c'est de t'amuser, je te suggère de te trouver un autre partenaire de chant, lance-t-elle avec arrogance. Ryan et moi, nous ne sommes pas là pour nous *amuser*…

— Ah non ? demande-t-il.

Sharpay fait comme si elle n'avait rien entendu.

— *Nous* sommes là pour *gagner*, conclut-elle.

De l'autre côté de la pièce, Taylor, Kelsi et Gabriella observent la scène. Elles voient Sharpay attraper Ryan et le traîner derrière elle pour qu'il l'aide à transporter ses valises. Ryan parvient à envoyer un petit salut de la main à Savannah qui lui adresse un sourire compréhensif en retour, avant de se tourner vers ses amis.

— Sharpay ne supporte tout simplement pas de ne pas être le centre du monde, commente Taylor en secouant la tête.

— Je sais, répond Gabriella avec un large sourire. Heureusement pour elle, elle réussit toujours à trouver un projecteur !

— Salut, tout le monde ! Alors, prêts à dévaler les pistes ? demande Troy avec entrain.

Le lendemain de leur arrivée, les Wildcats terminent à peine leur petit déjeuner quand Troy paraît devant eux avec son blouson de ski et son bonnet. Il a son billet de remontée mécanique autour du cou et sa planche à neige sous le bras.

— Cette journée à la montagne s'annonce super !

Gabriella avale une dernière bouchée de pain grillé en regardant par la fenêtre. Le ciel est bleu et la neige scintille au soleil.

— Nous sommes vraiment chanceux que la tempête ait pris fin pendant la nuit, dit-elle avec un sourire. Le temps est idéal!

— Comme ça, tu te sens prête à essayer la planche ? demande Troy avec un grand sourire.

Gabriella n'a jamais fait de planche à neige. Troy lui a promis de lui apprendre les rudiments de ce sport.

— Tu parles ! s'exclame Gabriella.

— Ouais, approuve Zeke. Dans ce cas, allons-y ! Jason hoche la tête.

— Si nous nous dépêchons, nous serons à la boutique de location avant la cohue, dit-il.

C'est à ce moment que Sharpay fait tranquillement son entrée, vêtue de pied en cap d'un ensemble de ski rose vif et d'après-ski en fourrure. Elle tient skis et bâtons. Ryan arrive derrière elle. Il porte un ensemble de ski bleu et un bonnet rayé. Lui aussi transporte son équipement de ski.

Sharpay sourit d'un air supérieur en entendant la remarque de Jason.

— Oh, c'est vrai, dit-elle. Certains d'entre vous ne possèdent pas leur propre équipement. Nous avons l'habitude Ryan et moi d'aller skier chaque année.

C'est pourquoi nous avons toujours l'équipement le plus récent et le plus perfectionné.

Elle adresse un sourire charmant à Troy et ajoute :

— Sauf Troy, bien sûr. Peut-être que toi et moi, nous pouvons prendre les devants et aller nous mettre tout de suite en file pour le télésiège ? Puisque nous n'avons pas besoin d'attendre à la boutique de location, ni rien de ce genre…

Troy ne peut s'empêcher de sourire. Sharpay manque toujours de finesse dans ses tentatives de passer un moment seule avec lui !

Depuis l'été dernier, elle aurait dû comprendre que je ne suis pas intéressé, songe-t-il.

Travailler au Club de loisirs de Lava Springs n'avait pas été une expérience facile, surtout avec Sharpay qui essayait de lui mettre le grappin dessus par tous les moyens. Malgré cela, l'été s'était bien terminé et ils avaient passé un très bon moment tous ensemble… Troy est déterminé à ce que la même chose se produise durant ces vacances.

— C'est gentil de me l'offrir, Sharpay, répond-il poliment, mais je veux aider Gabriella à choisir la planche à neige qui lui convient.

Sharpay se rembrunit un instant, mais elle reprend vite contenance.

— Bien, fait-elle d'un air pincé. Enfin, peu importe.

— Pourquoi ne nous attends-tu pas ? propose Gabriella. Comme ça, nous pourrions aller prendre le télésiège tous ensemble.

Avant même que Sharpay ait le temps de répondre, Chad intervient :

— Euh, à vrai dire, je crois que je vais devoir passer mon tour…

— Quoi ? s'écrie Troy avec surprise. Tu ne viens pas faire de la planche avec nous ?

— C'est à cause de ma cheville, explique Chad. Je crois que je me suis fait une entorse hier soir, à la patinoire. Tu sais, quand je suis tombé et que j'ai foncé dans la bande ?

— Tu avais l'air d'aller bien pourtant, fait remarquer Troy. Tu t'en étais remis.

— C'est ce que je croyais aussi, réplique Chad en secouant tristement la tête. J'imagine que j'essayais juste de ne pas m'écouter. Ce matin, pourtant, ça élance vraiment.

Il se lève et avance en boitillant jusqu'à la fenêtre pour leur montrer.

— C'est vraiment dommage, dit Gabriella qui voit bien que Troy est déçu. Tu risques d'aggraver ta blessure en essayant d'aller sur les pistes aujourd'hui.

— C'est ce que je pense aussi, répond aussitôt Chad.

Troy hoche la tête.

— Au moins, tu peux marcher. Tu seras probablement en forme demain, déclare-t-il en espérant de toute évidence que ce sera le cas. Tu devrais garder ta jambe surélevée, mettre de la glace sur ta cheville et…

— Euh, ouais, répond Chad en évitant de regarder Troy. Je vais faire tout ça, bien sûr.

— Hum, ce serait dommage que tu restes coincé tout seul ici, dit Taylor d'un ton détaché. La neige, c'est bien joli, mais ça a l'air froid. Ça ne me déplairait pas de passer quelques heures au coin du feu.

— Vraiment ? s'étonne Chad, interloqué.

En jetant un coup d'œil à ses amis, Gabriella constate qu'ils ont tous l'air aussi surpris que Chad lui-même. Même si Taylor et Chad sont sortis ensemble et rompu plusieurs fois, Taylor persiste à jouer l'indépendante, comme si elle souhaitait passer du temps avec lui, mais à condition que cela n'affecte pas ses propres plans. En fait, elle a l'habitude de malmener Chad et lui a l'habitude de l'embêter en retour.

Peut-être que Taylor a enfin décidé de relâcher la pression sur Chad, se dit Gabriella. Puis, en voyant un sourire se dessiner peu à peu sur le visage du garçon, elle songe encore que Chad sera peut-être assez malin pour saisir cette offre au vol !

Sharpay est en file pour la remontée mécanique, toujours pleinement consciente de son apparence. Elle s'est levée avant l'aube pour passer au salon de la station afin de se faire coiffer et maquiller. Elle a revêtu son plus bel ensemble de ski (celui qui lui donne une allure de vraie — mais néanmoins branchée — skieuse olympique). Enfin, elle prend soin de se tenir à un endroit où elle est certaine d'être vue par tous les passants. Avec les montagnes en arrière-plan, elle pourrait très bien faire la couverture d'un magazine de voyage.

Tout cela est d'autant plus agaçant que personne ne semble la remarquer ! Troy et Gabriella passent près d'elle en riant, têtes penchées l'un vers l'autre. Zeke et Jason plaisantent avec Kelsi qui rougit, mais qui semble apprécier la plaisanterie. Quant à Ryan, qui sait comme nul autre lui remonter le moral avec ses compliments extravagants, il brille par son absence.

C'est alors qu'elle aperçoit Matt, le très charmant jeune homme de l'équipe de secouristes, qui vient vers elle. Sharpay lui adresse un sourire éclatant, puis jette vite un coup d'œil du côté de Troy pour voir s'il a remarqué l'arrivée de son concurrent.

Un flot d'exaspération l'envahit quand elle constate que Troy, comme d'habitude, n'a absolument rien vu. Décidément, il n'a aucune chance de gagner son affection s'il ne commence pas par lui accorder plus d'attention !

Elle s'éclaircit la voix et appelle :

— Bonjour, Matt ! Comme c'est agréable de te revoir !

— Hein ? laisse échapper Matt en lui adressant un regard surpris, comme s'il ne la reconnaissait pas.

Puis, son visage s'illumine et il répond :

— Ah, oui ! Tu es la fille aux nombreuses valises.

— Exact ! s'exclame joyeusement Sharpay.

Bien sûr qu'il se souvient d'elle ! Comment pourrait-il l'avoir oubliée ? De toute évidence, elle est la seule personne qui se soucie suffisamment de son apparence pour changer trois fois de tenues chaque jour.

— J'aimerais que tu me conseilles. Quelles pistes devrais-je essayer ? continue-t-elle en parlant assez fort pour être certaine que Troy l'entende. Après tout, je ne connais pas très bien cette station et *il est clair* que tu es un expert de la montagne !

— Euh, oui, bien sûr, répond Matt, l'air un peu perdu. Eh bien, je te suggérerais la Grand Prix ou la Mackle. Elles offrent toutes deux un bon défi, sans toutefois être trop difficiles pour gâcher ton plaisir.

— Ça me semble *merveilleux*, merci *beaucoup*, dit Sharpay d'une voix suave. J'imagine que tu n'as pas l'intention de m'accompagner pour ma première descente ? Juste pour t'assurer que je me débrouille bien toute seule ?

— Désolé, répond-il poliment, mais je travaille en ce moment.

— Bien sûr, dit-elle avec un sourire compréhensif. Une autre fois, alors.

— Ouais, peut-être bien, marmonne-t-il en haussant les épaules. À plus tard.

Satisfaite d'avoir passé le message à Troy, Sharpay balaie une mèche de cheveux de côté et regarde dans sa direction. Sans surprise, Gabriella répète encore que ce sera son tout premier essai en planche à neige et elle se comporte comme si elle était incapable de faire le moindre geste sans l'aide de Troy.

— Penses-tu que je vais y arriver ? lui demande-t-elle pour la centième fois au moins, selon Sharpay. Je ne risque pas de me faire mal ?

— Ça va très bien se passer ! s'esclaffe-t-il. N'oublie pas que tu as un super moniteur.

Elle écarquille les yeux, simulant la surprise.

— Ah, oui ? Qui donc ?

— Moi, bien sûr ! répond-il en faisant semblant d'être vexé.

— Oh, *s'il vous plaîîîît* ! s'exclame Sharpay en levant les yeux. Avez-vous bientôt fini ?

Gabriella rougit. Troy se retourne, comme Sharpay l'espérait, et il lui sourit. Pas un bien grand sourire, remarque-t-elle, mais bon, il est probablement fatigué après avoir passé la dernière heure à rassurer Gabriella.

— Tes skis sont vraiment chouettes, commente Troy en regardant les skis de Sharpay. Je crois les avoir vus récemment dans un magazine.

— Oui, ils viennent tout juste d'arriver sur le marché. Et, bien sûr, ce sont les meilleurs, répond-elle avec vanité. Mon père dit qu'il ne faut acheter que ce qui se fait de mieux : les meilleurs skis, les meilleures lunettes, les meilleures chaussures de ski…

— C'est très bien, mais il se trouve que certains d'entre nous aimeraient bien avoir la chance *d'utiliser* leurs skis aujourd'hui, l'interrompt un homme d'un certain âge qui se tient derrière elle. Et ici, c'est la file double. Si vous êtes seule, vous devez aller… là-bas.

Il désigne l'autre file d'un geste de la tête.

Sharpay regarde autour d'elle. Évidemment, Troy attend en ligne avec Gabriella, Jason est avec Kelsi, et Zeke est avec…

Elle prend tout à coup conscience que Zeke lui adresse un sourire plein d'espoir.

— Tu peux monter avec moi dans le télésiège, Sharpay, dit-il avec empressement. Personne ne m'accompagne pour le moment…

Sharpay hésite. Si elle accepte de monter avec Zeke, elle prend le risque qu'on les considère comme un couple. Oui, Zeke fait des biscuits absolument délicieux, ce qui est *un talent remarquable*. Et oui, ça saute aux yeux qu'il s'intéresse beaucoup à elle, et c'est *très agréable* d'être adoré…

Mais si tout le monde les prend pour un couple, alors certains autres garçons pourraient penser qu'elle n'est pas libre. Certains autres garçons comme Troy, pourraient bien se résigner à sortir avec Gabriella jusqu'à la remise des diplômes… ou même plus longtemps encore !

Sharpay se décide. Elle doit encore garder espoir de sortir avec Troy. Elle adresse un mince sourire à Zeke et dit :

— Merci, mais je crois que je vais monter avec Ryan. Je suis certaine qu'il m'attend pour m'accompagner, car nous avons plein de détails à discuter, lui et moi. Tu sais, nous présentons un duo au concours de karaoké et…

Elle regarde à la ronde et s'interrompt brusquement. Elle vient tout juste d'apercevoir Ryan. Il se trouve près de la file des skieurs seuls… et il discute joyeusement avec cette Savannah qu'il a rencontrée hier ! Sharpay plisse les yeux.

Quel culot il a ! se dit-elle. Comment ose-t-il faire ses petites affaires sans même se soucier de vérifier si j'ai besoin de lui ? Sharpay devine déjà que cette Savannah n'annonce rien de bon. Elle va distraire Ryan et le déconcentrer. Le duo qu'ils veulent monter va tourner au désastre ! C'est trop horrible rien que d'y penser. Sharpay arrive en trombe à côté de Ryan et lui attrape le bras.

— Ryan, il faut que je te parle ! ordonne-t-elle. *Tout de suite !*

— Quoi ? s'écrie son frère dont les yeux bleus expriment la consternation. Savannah et moi, nous allons monter ensemble boire un chocolat chaud sur la montagne…

— Comme c'est touchant, le coupe Sharpay. Tu mettras ça au programme de demain.

Elle le tire par le bras et l'entraîne vers la double file.

— J'ai du plaisir à parler avec Savannah, proteste Ryan une fois qu'ils sont tous deux assis dans les sièges, après avoir attendu en file.

Ils commencent l'ascension de la montagne.

— Tu pourras lui parler plus tard, répond Sharpay avec mépris. Nous devons réviser les détails de notre numéro pour la soirée du réveillon.

— Notre numéro ? Sharpay, calme-toi ! Ce n'est que du karaoké ! s'exclame Ryan.

— Peut-être que tous les autres considèrent que c'est « seulement » du karaoké, répond-elle d'un ton sévère, mais nous allons leur montrer à quel point ils ont tort ! Bon, j'ai déjà choisi une chanson fabuleuse pour nous. Le rythme est très enlevé, de sorte que nous pouvons même y incorporer quelques mouvements pour séduire la foule. J'ai parlé à Sammy Gray, le gars qui gère l'appareil de karaoké au club des jeunes, et il a accepté de nous ouvrir les portes du club cet après-midi pour que nous puissions répéter en privé et monter notre numéro. J'ai aussi appelé maman et lui ai demandé de nous envoyer trois ou quatre costumes. Ils arriveront demain. Nous devrons donc prévoir un moment pour faire les essais, voir lesquels conviennent le mieux à notre numéro et même faire faire les retouches, au besoin…

Le télésiège arrive au sommet et Sharpay est encore en train de parler à toute vitesse quand elle en descend. Ryan traîne derrière pendant qu'elle glisse jusqu'à l'endroit où se tient un groupe de skieurs se préparant pour leur première descente.

— C'est super tout ça, l'interrompt enfin Ryan, sauf que, hum, quand aurons-nous le temps de… enfin, tu sais… de nous amuser un peu?

Sharpay, qui était en train d'ajuster ses skis, se redresse d'un coup et le regarde en fronçant les sourcils.

— Que veux-tu dire? demande-t-elle. Tu ne t'amuses pas quand tu chantes?

— Eh bien, oui, admet Ryan, mais…

— Tu ne t'amuses pas quand tu es sur une scène? poursuit-elle.

— Oui, bien sûr, mais…

— Et tu ne t'amuses pas quand tu *gagnes?* conclut-elle, triomphante.

Ryan soupire.

— Oui, chère sœur. Tout ce que tu veux.

— Dans ce cas, c'est réglé, tranche-t-elle. Nous avons le temps de faire une descente. Sammy a dit qu'il nous ouvrirait le club, même si personne ne lui a jamais demandé une telle chose auparavant…

— Pour la simple et bonne raison que c'est le moment de la journée où tout le monde s'amuse dehors, marmonne Ryan à mi-voix pour que Sharpay ne l'entende pas.

— … comme ça, nos répétitions se feront complètement en privé, conclut-elle. Ça sera parfait ! Bon, allons-y, à présent !

En dévalant la montagne, Sharpay et Ryan croisent Troy, Gabriella, Jason, Zeke et Kelsi qui essaient leur planche à neige. Quand Ryan passe à toute allure près d'eux, il remarque qu'ils tombent sans arrêt… mais aussi qu'ils rient aux éclats.

Quant à Sharpay, elle s'organise pour effectuer un virage qui la fait passer juste à côté de Troy. Son style est parfait et il aurait été plutôt impressionné s'il l'avait remarquée… mais il est en train d'aider Gabriella à sortir de la neige à ce moment-là.

Ce n'est pas grave, se dit-elle, déjà plus joyeuse maintenant qu'elle est sur le point de mettre en œuvre son plan pour remporter le concours de karaoké. Quand je serai sur scène, songe Sharpay, plus déterminée que jamais, Troy ne pourra pas faire comme si je n'existais pas !

— Merci d'avoir passé autant de temps à m'enseigner comment faire de la planche à neige, dit Gabriella à Troy, plus tard cet après-midi-là. J'ai eu un plaisir fou, même si j'ai passé le plus clair de mon temps à tomber.

— Tu t'es bien débrouillée, la rassure Troy. Bientôt, tu vas faire des hélicos !

Elle éclate de rire.

— Permets-moi d'en douter, mais merci quand même pour l'encouragement.

— À ton service, répond Troy avec un sourire.

Il jette un coup d'œil du côté du foyer où Chad et Taylor sont assis.

— Hé, Chad et Taylor ont l'air plutôt bien, tu ne trouves pas?

— Oui, j'avais remarqué, dit Gabriella en souriant. Crois-tu qu'ils avaient planifié de passer quelques heures ensemble seuls, tous les deux?

— Eh bien, c'est difficile de croire que Chad n'ait pas envie de faire de la planche avec nous, commente Troy. Et cette histoire d'entorse à la cheville me semble plutôt boiteuse, sans vouloir faire de jeu de mots.

Il rit de sa plaisanterie.

Gabriella lève les yeux.

— Taylor semblait très emballée à l'idée d'aller s'asseoir près du feu. Je me demande si elle commence à se rendre compte à quel point Chad est un super bon parti.

— Un bon parti? répète Troy en faisant semblant d'être étonné par cette affirmation. *Chad?*

— Mais oui, Chad, insiste-t-elle, même si leur tête-à-tête est maintenant bel et bien terminé.

Troy et elle regardent du côté du groupe qui s'est formé autour du foyer. Après leur retour à l'hôtel, Jason, Zeke et Kelsi sont allés retrouver Chad et

Taylor. À présent, ils viennent tous les cinq de terminer une partie de jeu de société dont la victoire, c'est clair, a été chaudement disputée.

— Ouais, eh bien, c'est peut-être une bonne chose, déclare Troy. Après tout, nous sommes venus ici pour nous amuser en groupe, non ? Ça risquerait de gâcher notre plaisir si Chad et Taylor passaient tout leur temps ensemble.

Gabriella se renfrogne légèrement.

— Je n'en suis pas si sûre… enfin, ouais, c'est vrai que c'est chouette pour nous d'être tous ensemble. Mais cet endroit est vraiment particulier, tu sais, Troy…

— Comment ? dit Troy en se tournant vers elle. Oh ! oui, bien sûr. Tu as raison. J'avais juste envie qu'on soit bien ensemble, comme on l'a fait cet été quand on a travaillé au Club de loisirs.

— Oh… Ouais.

Gabriella fait de son mieux pour sourire et cacher sa déception. La seule chose à laquelle elle a pensé au cours du mois passé, c'est au réveillon de la Saint-Sylvestre, celui où elle avait fait la connaissance de Troy. Or, ce nouveau réveillon serait en quelque sorte leur anniversaire. Et même si elle adore tous leurs amis, eh bien… elle aimerait que Troy ait envie de passer *un peu* de temps juste avec elle, non ?

Troy attrape sa main et lui dit :

— Viens. Allons voir ce que les autres veulent faire maintenant.

Vraiment non. Gabriella soupire et se laisse entraîner vers le groupe près du feu en essayant d'afficher une mine joyeuse alors qu'elle ressent tout le contraire. Pour plaisanter, Chad conteste les résultats de la partie qui ne semble pas avoir été en sa faveur.

— Tout ce que je dis, c'est que si je n'avais pas dû passer un tour, je serais actuellement en train de célébrer ma victoire, se plaint Chad au moment où Troy et Gabriella les rejoignent. J'ai été battu par un seul mauvais lancer du dé !

— *Et* par mon habileté supérieure, ajoute Taylor d'un ton suffisant. Ce jeu requiert un raisonnement logique et une bonne dose de stratégie. Vois les choses en face, Chad, c'était perdu d'avance pour toi, dès le début.

Il lui décoche un large sourire et dit :

— Une autre bonne raison pour que tu fasses équipe avec moi la prochaine fois.

— Équipe ? Ce jeu oppose deux joueurs jusqu'à la fin du combat ! s'exclame Taylor. Les règles du jeu ne permettent pas de jouer en équipe.

— Mais les règles sont faites pour être contournées, intervient Troy.

— Ou modifiées, renchérit Gabriella avec un sourire. Ça me semblerait amusant de jouer en équipe. Avez-vous envie de jouer une autre partie ?

— Bien sûr, répond Chad. Et cette fois, c'est sûr que je vais gagner !

— Je vous suis, répond Taylor, tandis que Jason et Zeke hochent la tête eux aussi.

Gabriella remarque cependant que Kelsi ne dit rien. Comme d'habitude, elle est assise un peu à l'écart du groupe. Elle semble se contenter d'être là, tranquille, à écouter les autres rire et plaisanter. A cet instant, Gabriella a l'impression que son idée de former des équipes a peut-être eu un effet sur Kelsi qui a l'air de se laisser tenter.

Avant qu'elle n'ait le temps de dire un mot, Kelsi se lève et dit :

— Ça me plairait, mais je crois avoir vu un piano dans le salon…

— La musique l'appelle et l'arrache à nous ! déclare Jason d'un ton théâtral.

Kelsi se mord la lèvre.

— Je suis désolée, je ne voulais pas être impolie…

— Tu n'es pas impolie ! Faire de la musique te rend heureuse, alors vas-y, dit Troy en lui souriant.

Kelsi lui renvoie un sourire timide.

— Mais nous n'aurons pas autant de plaisir si tu n'es pas avec nous, proteste Gabriella. J'ai une idée : remettons la partie à plus tard, après le souper par exemple, quand tu pourras te joindre à nous.

Elle croise le regard de Taylor et devine qu'elle aussi a remarqué l'hésitation de Kelsi.

— Bonne idée, approuve Taylor. D'ailleurs, j'ai envie d'aller faire un tour au sauna. Vous savez : se relaxer, décompresser et bavarder entre filles. Kelsi, viens donc nous rejoindre quand tu auras fini de répéter ?

— Super ! s'exclame Kelsi, rayonnante.

— Eh bien, je crois que j'ai eu ma dose de froid pour la journée, annonce Troy. Qu'en pensez-vous, les gars… devrions-nous aller voir à quoi ressemble ce terrain de basket ? Nous ne voudrions pas que nos mouvements soient rouillés en revenant des vacances de fin d'année, pas vrai ?

— Non, surtout que nous avons un match important contre West High le mois prochain, renchérit Zeke.

Chad bondit en bas du canapé.

— Je viens ! s'exclame-t-il en désignant Troy. Et toi, mon vieux, tu vas devoir travailler trois fois plus pour garder le rythme !

— C'est parti ! s'esclaffe Troy.

Pendant qu'ils sortent tous précipitamment de la pièce, Gabriella remarque que l'entorse de Chad semble avoir subitement disparu. Elle sourit en elle-même et se dit que cela cache décidément quelque chose. Et elle est bien déterminée à tirer les vers du nez à Taylor dès cet après-midi.

Chad est aussi bon qu'il l'avait prédit. Ils viennent à peine de mettre le pied sur le terrain de basket que déjà, il joue avec autant de détermination que s'il participait à un tournoi de championnat. Il fait équipe avec Jason, tandis que Troy est jumelé à Zeke. Les garçons se sentent comme chez eux sur un terrain de basket.

Quand Troy tente de passer à gauche, il trouve Chad sur son chemin, qui l'attend. Quand il essaie de lancer en début de jeu, il voit Chad réussir à intercepter le ballon dans les airs, courir sur toute la moitié du terrain et aller marquer un panier. Quand Troy essaie ensuite de foncer vers le fond du terrain, il tombe encore sur Chad; quand il essaie de l'esquiver et de contrer la défensive solide de son ami, il trouve encore sa route bloquée. Rien ne peut arrêter Chad !

Troy finit par lever une main en l'air et demander une pause.

— On prend cinq minutes, les gars, dit-il. Je ne sais pas pour vous, mais j'ai impérativement besoin d'un bon verre d'eau.

— Sans parler du besoin de respirer un bon coup, ajoute Jason en route vers la fontaine à eau.

Troy se penche en avant, les mains sur les genoux, haletant.

— Tu es déchaîné aujourd'hui, Chad !

Chad hausse les épaules de modestie, mais semble ravi du compliment.

— J'imagine que j'ai un surplus d'énergie à dépenser, dit-il. Rester assis à l'intérieur, enfermé toute la journée…

Troy se redresse et le regarde droit dans les yeux.

— Ouais, je voulais justement t'en parler. Ta cheville semble aller bien mieux à présent.

— Ouais, euh… fait Chad avec une mine embarrassée.

— Allons, mon vieux, tu peux me dire la vérité, lance Troy en plaisantant. Est-cc que Taylor et toi, vous avez trouvé une excuse pour rester en tête-à-tête à l'intérieur ?

— Quoi ? s'écrie Chad, surpris. Non ! Bon, d'accord, j'ai un peu exagéré ma douleur à la cheville, mais j'ignorais totalement que Taylor avait l'intention de rester dans le salon, elle aussi.

Troy lui lance un regard incrédule.

— D'accord. Alors dans ce cas, dis-moi pourquoi tu as continué à boitiller et à te plaindre de ta cheville si tu n'avais pas vraiment mal ?

Il glousse doucement.

Le visage de Chad vire au rouge vif. Il jette un coup d'œil par-dessus son épaule pour voir où sont Zeke et Jason. Ils sont debout près de la fontaine à eau, à s'échanger le ballon de basket en plaisantant. Chad se retourne vers Troy.

— O. K., voici…

Il s'interrompt aussitôt.

— Ouais ? l'encourage Troy.

— C'est plutôt embarrassant, admet Chad. Je veux dire, je suis censé être un athlète, pas vrai? Et un gars plutôt décontracté, non? Tu sais, le genre *cool*, branché…

Sa voix diminue jusqu'à s'éteindre.

— Bien sûr, approuve Troy en riant. Et alors?

— Mais voilà : je suis nul en planche à neige! lance Chad.

Troy reste bouche bée sous le coup de la surprise.

— Et c'est pour ça que tu ne voulais pas venir avec nous aujourd'hui? Parce que tu craignais d'avoir l'air nul?

— Non, mon vieux, parce que je *savais* que j'aurais l'air nul! s'écrie Chad en lançant ses mains dans les airs en signe de frustration. J'ai déjà essayé et chaque fois, je terminais tête première dans la neige. Je suis nul!

Troy secoue la tête, encore perplexe.

— Mais nous sommes là pour nous amuser, fait-il remarquer. Personne n'est vraiment bon. Nous faisons les idiots, sans plus, tu vois?

Chad le regarde d'un air entendu.

— Allons, Troy, dit-il. Je parie que tu es excellent. Pas vrai?

— Hum, eh bien, je me débrouille, admet Troy d'un air penaud.

Il se rappelle la première fois qu'il avait essayé de faire de la planche à neige. Il était tombé souvent, mais à la fin de la journée, il avait compris la technique. À partir de ce moment, il s'était mis à fréquenter les pistes aussi souvent que possible.

— C'est bien ce que je pensais, dit Chad. C'est pour ça que tu avais si hâte d'aller sur les pentes, ce matin.

Troy a le visage tout rouge. Chad est-il en train de le traiter de vantard?

— Ce n'est pas ça du tout! proteste-t-il. C'est juste que j'aime vraiment faire de la planche à neige!

— Je parie que tu n'aimerais pas autant ça si tu avais l'air stupide chaque fois que tu mets les pieds sur une planche, réplique Chad avec humeur.

Troy s'apprête à répondre, puis une pensée traverse son esprit. Chad a peut-être raison. Combien de fois a-t-il abandonné une activité après avoir découvert qu'il n'y excellait pas? Les souvenirs de leçons de trombone, de boîtes de modèles réduits et d'une raquette de tennis traînant au fond de son placard lui reviennent en mémoire.

— Peut-être pas, reconnaît-il, mais je persiste à croire que tu devrais t'accorder une seconde chance. Je te promets que tu n'auras pas l'air d'un idiot.

— Ah, ouais ? demande Chad d'une voix sceptique. Et pourquoi ça ?

— Parce que c'est moi qui vais t'apprendre, répond Troy. Je ne vais tout de même pas laisser mon meilleur copain attendre au coin du feu durant toutes nos vacances !

* * *

De leur côté, à l'hôtel, Taylor et Gabriella se détendent dans le sauna après leur séance d'entraînement au gymnase.

— Alors Taylor, dit Gabriella comme si de rien n'était, as-tu apprécié ta matinée ?

— Bien sûr. Ouf ! On se croirait dans un four, ici, pas vrai ? dit Taylor en s'éventant.

Gabriella décide d'aller droit au but.

— Allons, Taylor, je croyais que tu voulais bavarder, se plaint Gabriella. Tu m'as lancé ton fameux regard…

— Quel regard ?

— *Tu* le sais très bien. *Celui-ci.*

Gabriella imite son regard significatif avec une telle perfection que Taylor éclate de rire.

— O. K., c'est bon, admet-elle. Il y a vraiment quelque chose dont je dois te parler…

— Je le savais ! Et c'est à propos de Chad, exact ? lance Gabriella avec un air amusé.

— Chad ? répète Taylor, l'air confuse. Non ! C'est au sujet du ski.

— Quoi ?

C'est maintenant au tour de Gabriella d'avoir l'air surpris.

— De quoi parles-tu au juste ?

Taylor soupire et éponge son front avec sa serviette.

— La vérité, c'est que je n'aurais jamais dû participer à ce voyage de groupe.

— Mais ça n'aurait pas été amusant sans toi ! s'écrie Gabriella.

— Merci, répond Taylor en souriant. C'est pourquoi j'ai décidé de venir, parce que je savais que je me serais ennuyée de vous tous. Mais nous sommes dans une station de ski. Là où la principale attraction consiste à grimper au sommet d'une montagne et à la descendre, que ce soit en ski, en planche à neige ou en tombant à plat ventre dans la neige, peu importe. Et moi, j'en suis incapable !

Gabriella regarde son amie et lui sourit d'un air compréhensif.

— C'est tout ?

Taylor se renfrogne un peu.

— C'est un problème énorme ! dit-elle avec insistance.

— Non, ce n'en est pas un ! Tu aurais dû me voir aujourd'hui ! s'exclame Gabriella. J'étais plus que nulle ! Mais c'était sans importance parce que nous avons tellement ri, tous ensemble. Et puis, tout le monde est tombé à plusieurs reprises, y compris Troy. Je te le dis, Taylor, tu dois venir avec nous demain. Tu vas t'amuser à faire de la planche même si tu n'y excelles pas.

— Le vrai problème n'est pas là ! s'exclame à son tour Taylor. Le problème, c'est que j'ai peur de monter dans le télésiège ! lance-t-elle en plaquant ses mains sur sa tête. Et, si je n'arrive pas à monter dans le télésiège, comment vais-je faire pour dévaler la montagne ?

Gabriella regarde Taylor avec sérieux.

— Ne t'inquiète pas, Taylor, dit-elle sur un ton encourageant. Je vais t'aider. À la fin de ces vacances, tu vas être aussi à l'aise en télésiège qu'une skieuse professionnelle !

Tôt le lendemain matin, Troy et Gabriella descendent déjeuner au restaurant de l'hôtel tout en revoyant leur plan. Ils sont déterminés à convaincre Chad et Taylor à les accompagner sur les pistes. Mais ils n'ont pas le temps d'avaler leur première bouchée de céréales que Sharpay arrive en trombe, les bras chargés de vêtements.

— Où est Ryan ? s'écrie-t-elle. Nos costumes viennent tout juste d'arriver et je veux qu'il m'aide à choisir celui qui me donne l'air la plus sublime. Oh, et il doit essayer son propre costume lui aussi, bien sûr.

— Des costumes ? Pourquoi ? demande Gabriella.

— Pour le concours de karaoké, évidemment ! répond Sharpay en levant les yeux devant l'évidence de cette réponse. J'ai demandé à maman d'en choisir quelques-uns parmi ma garde-robe et de nous les envoyer par courrier rapide.

Elle laisse tomber les vêtements sur une chaise.

Il y a là plusieurs robes à froufrous rose vif, turquoise, jaune citron, vert limette et blanc perle. Ce sont des robes de satin et de taffetas, décorées de centaines de perles et de paillettes. Sharpay soupire en les regardant.

— Je n'arrive pas à choisir.

Depuis sa place dans la file pour le buffet, Zeke entend la complainte de Sharpay.

— Je ne crois pas que ce soit vraiment important, dit-il avec sincérité. Peu importe quelle robe tu choisis, tu auras une allure formidable.

Sharpay soupire avec impatience.

— *Évidemment* que j'aurai une allure formidable, mais je dois essayer de me mettre dans la tête des juges. Tu sais parfois, avoir un bon costume ou en avoir un *spectaculaire*, c'est ce qui fait la différence entre gagner et perdre !

— Ce n'est qu'un concours de karaoké, lui rappelle gentiment Troy. Si j'étais toi, je ne m'en ferais pas trop avec ça.

Sharpay lui adresse un sourire éclatant.

— Oh, Troy ! C'est très attentionné de ta part d'essayer de calmer mon angoisse, mais tu me connais : la pression d'offrir une bonne performance fait toujours sortir le meilleur de moi-même !

Elle se tourne vers Gabriella et lui demande, le regard en coin :

— Et toi, Gabriella ? As-tu l'intention d'y participer ?

Gabriella se mord la lèvre. Elle avait prévu discuter du concours de karaoké avec Troy, plus tard aujourd'hui. D'une manière désintéressée, bien sûr, comme on discute d'un sujet sans importance, car c'en est bien un. Mais elle aurait voulu choisir *elle-même* le moment où elle en parlerait à Troy.

Elle prend une grande respiration.

— Eh bien, je n'en sais rien, commence-t-elle en jetant un regard timide vers Troy. J'imagine que ça va dépendre…

Sharpay l'interrompt :

— Bien sûr, je sais à quel point cela t'angoisse de monter sur une scène.

Puis, elle reporte son attention sur Troy.

— Troy, tu devrais vraiment y participer ! Tu as un tel talent naturel.

Il laisse échapper un rire nerveux.

— Je ne sais pas trop, répond-il.

— Ne sois pas modeste ! Tu as une voix formidable ! insiste-t-elle. Elle a simplement besoin d'être travaillée un peu plus…

Troy tente de l'interrompre.

— Je te l'ai déjà dit : je ne chante que pour m'amuser…

— … et, bien sûr, je serais ravie de t'aider avec ça, continue-t-elle gentiment, sans même se donner la peine d'écouter ce qu'il dit. J'ai prévu une répétition privée cet après-midi, si jamais ça t'intéresse…

— C'est vraiment gentil à toi, Sharpay, répond Troy, mais je crois qu'il fait trop beau aujourd'hui pour rester à l'intérieur. Tu ne crois pas ?

Chad se penche vers Jason et Zeke, et leur murmure à l'oreille :

— Tenez-vous prêts, les gars. Nous devrons peut-être mener une opération de sauvetage pour notre bon ami Troy.

Sharpay se retourne d'un bloc et le fixe intensément. Elle n'a pas bien entendu ce que Chad a dit, mais elle devine à les voir ricaner tous les trois qu'il s'est moqué d'elle. Encore une fois.

— Certains d'entre nous se vouent à leur art, lance-t-elle, offusquée. D'autres préfèrent se vouer à l'humour puéril.

Elle se tourne vers Troy et poursuit de son ton enjôleur :

— Toi, par exemple, tu t'es donné à plein au basket-ball pendant des années. Bon, le basket-ball n'est pas un art, mais … regarde combien tous ces efforts ont été récompensés ! Imagine un instant ce que tu pourrais faire si tu consacrais autant de temps à la chanson !

— Eh bien, merci, répond Troy, mais j'ai déjà songé que Gabriella et moi, nous pourrions chanter ensemble.

Il se tourne vers elle et lui sourit.

— J'ai eu raison ?

— Bien sûr ! s'exclame Gabriella, le visage radieux. Enfin, si *toi*, tu en as envie…

— Tout à fait, répond-il. Alors, c'est réglé.

Sharpay croise les bras et regarde Troy et Gabriella d'un air renfrogné.

— Très bien, dit-elle d'un ton hautain. Dans ce cas, résignez-vous tout de suite à perdre le concours

 57

cette année. Comme Ryan et moi y participons, vous n'aurez aucune chance !

— Parlant de Ryan, dit Chad innocemment, *où est-il*, au fait ?

— Je crois l'avoir aperçu en compagnie de cette fille qu'il a rencontrée, répond Jason avec amabilité. Ils se dirigeaient vers le télésiège.

— Quoi ? s'écrie Sharpay en écarquillant les yeux. J'en étais sûre ! Cette fille est en train de le détourner de ses ambitions professionnelles ! Je dois le retrouver, et tout de suite !

Elle s'éloigne en martelant des pieds.

Chad lève les yeux au plafond.

— J'espère que Ryan a effacé ses traces, dit-il. Et quand je dis « effacé », je veux dire *vraiment, vraiment* bien effacé.

Ils se dirigent tous vers la sortie en riant.

— J'ai un mauvais pressentiment, confie Taylor à Gabriella pendant qu'elles attendent toutes deux en file pour le télésiège.

La seule vue du télésiège lui donne la nausée.

— Taylor, tu es un génie en physique, rappelle Gabriella à son amie. Concentre-toi sur la force de traction du télésiège et dis-toi qu'elle a été calibrée avec soin pour résulter de la force gravitationnelle descendante, et tout va bien aller !

— Je sais, je sais, gémit Taylor. Mais même si mon cerveau comprend le fonctionnement du télésiège, ça n'empêche pas mon estomac d'être complètement détraqué !

Troy et Chad sont quelques mètres derrière les filles, plongés dans leur propre conversation à voix basse.

— Je sais qu'hier, j'ai dit que c'était une bonne idée, siffle Chad, mais ça, c'était hier ! Maintenant que je suis ici…

Il lève les yeux vers la piste que des planchistes sont déjà en train de dévaler. Une personne se détache du groupe de petits personnages qu'on distingue au loin. Elle s'élève en flèche au-dessus d'un banc de neige, fait un saut périlleux dans les airs et atterrit parfaitement. À la vue de cette prouesse, Chad secoue la tête.

— Je vais avoir l'air pitoyable à côté de ces gars-là.

— Tu peux me croire, chacun est trop concentré sur ce qu'il fait pour se soucier de toi, déclare Troy. Tu vas bien te débrouiller. En plus, tu m'as dit que tu n'avais essayé qu'une seule fois de faire de la planche à neige.

Chad le dévisage avec un air suspect.

— Ouais. Et alors ?

— Alors tu ne peux pas décider que tu es nul après un seul essai, lui fait remarquer Troy. Tu es peut-être un super planchiste qui s'ignore ! As-tu l'intention de passer le reste de ta vie à penser que tu es nul dans un domaine alors que tu es peut-être très bon ? As-tu l'intention d'abandonner dès le début ? As-tu l'intention de rentrer chez toi en sachant que tu n'as même pas essayé…?

— C'est bon, c'est bon, *c'est bon*, s'esclaffe Chad. Ça suffit le petit discours de motivation ! Je préfère encore débouler la montagne à quatre-vingts kilomètres à l'heure plutôt que d'entendre Troy Bolton, le maître de la pensée positive me rebattre les oreilles à propos de mes talents cachés !

— C'est ce que je me disais aussi, répond Troy avec un sourire. Bon, à présent, la première étape.

Il désigne Taylor.

— Tu prends le télésiège avec Taylor.

Chad le regarde d'un air perplexe.

— Avec plaisir, mais… pourquoi ?

— Parce qu'elle a confié à Gabriella qu'elle avait peur des remontées mécaniques, explique Troy. Alors nous nous sommes dit que si elle montait avec toi, tu pourrais plaisanter avec elle et la distraire de sa peur.

Chad exhibe un large sourire.

— Je me sens capable de relever ce défi.

— Bien, répond Troy en lui donnant une légère tape dans le dos. Dans ce cas, vas-y !

* * *

Troy et Gabriella observent leurs amis qui progressent tranquillement dans la file du télésiège. À l'évidence, Taylor est angoissée. Quand la chaise devant eux emporte dans les airs un couple de skieurs enjoués, ils la voient plaquer une main devant ses yeux et, de l'autre, agripper solidement le bras de Chad. Même s'ils ne peuvent entendre ses paroles, ils devinent que Chad lui parle à toute vitesse.

— Si quelqu'un peut faire oublier à Taylor qu'elle se balance dans le vide à une centaine de mètres au-dessus du sol, c'est bien Chad, déclare Troy avec conviction, ravi du plan que Gabriella et lui ont élaboré plus tôt ce matin.

Troy se tourne vers Gabriella et remarque qu'elle a subitement l'air inquiète.

— Ouais, répond Gabriella avec lenteur. « Se balancer à une centaine de mètres au-dessus du sol. » Je crois que je n'avais jamais vu les choses de cette façon avant que tu n'en parles…

— Hé, regarde ! C'est Ryan là-bas, dans l'autre file, lance rapidement Troy.

— Est-ce que tu n'essaierais pas de me changer les idées, par hasard ? demande Gabriella avec un grand sourire.

À son tour, il lui sourit.

— Est-ce que ça marche ?

— Oui, merci, répond-elle en riant.

Elle regarde vers l'endroit où se trouve Ryan dans la file. Il bavarde gaiement avec Savannah. Surprise, Gabriella s'interroge. Elle sait que Ryan apprécie Savannah : il mentionne sans cesse son nom dans toutes les conversations et hier soir, au souper, il balayait constamment la salle à manger du regard, comme s'il la cherchait des yeux. Mais Gabriella est quand même surprise de le voir ici plutôt qu'à l'hôtel avec Sharpay.

— On dirait que Ryan a *véritablement* décidé de manquer la répétition, commente-t-elle.

Tout à coup, Ryan lève les yeux. En apercevant Troy et Gabriella qui l'observent, il prend un air paniqué. Il s'excuse auprès de Savannah et se précipite vers eux.

— Salut les amis, lance-t-il, l'air inquiet. Écoutez, voulez-vous me rendre un service ? Je vous en prie, ne dites pas à Sharpay que vous m'avez vu ici ce matin. Elle serait furieuse si elle savait que j'ai manqué la répétition !

Il les regarde d'un air grave et ajoute :

— Et vous savez combien elle peut être terrifiante quand elle se met en colère.

Troy hoche la tête d'un air compréhensif, mais Gabriella se sent obligée de relever une petite faiblesse dans le raisonnement de Ryan.

— Je pense qu'elle va forcément remarquer ton absence, souligne-t-elle, puisque vous devez répéter ensemble, tous les deux.

— J'ai pensé à ça, réplique Ryan en souriant. Je vais lui dire que j'ai complètement oublié la répétition, que ça m'est sorti de la tête, tout simplement !

Gabriella le regarde, sceptique.

— Et tu crois qu'elle va avaler ça ?

— Eh bien, pas *exactement*, admet Ryan. Mais d'un autre côté, elle ne peut pas *prouver* que je n'ai pas oublié, n'est-ce pas ? Alors, tout ce qu'il me reste à faire, c'est de l'éviter jusqu'à l'heure du repas et je serai sauvé. À plus tard ! s'exclame-t-il en retournant auprès de Savannah.

— Je ne serai pas capable, je ne serai pas capable, je ne serai *pas* capable ! s'écrie Taylor, les yeux écarquillés de peur, alors qu'elle et Chad progressent dans la file du télésiège.

Chaque moment qui passe la rapproche du début de la file et de l'instant où elle devra s'asseoir dans le télésiège pour amorcer cette montée effrayante jusqu'en haut de la montagne. Elle se retourne et fixe Gabriella.

— Quand je pense que tu m'as persuadée de faire ça ! crie-t-elle.

— Hé, Taylor, calme-toi ! lui lance Chad d'une voix rassurante.

Il se penche pour ramasser une bonne poignée de neige et ajoute en plaisantant :

— Je peux t'aider à te rafraîchir les esprits, si tu veux…

Elle lui décoche un regard menaçant.

— Ne t'avise pas de faire ça !

Il commence à écarter la neige avec ses mains pour former une boule.

— Sinon ?… la défie-t-il.

Elle se penche à son tour et ramasse elle aussi une poignée de neige.

— Sinon, tu vas le *regretter* ! le menace-t-elle.

Il fait semblant de battre en retraite, apeuré. Taylor tente de garder son sérieux, mais elle n'y arrive pas et finit par éclater de rire.

À ce moment, ils sont rendus au début de la file. Avant qu'elle n'ait le temps de réfléchir à ce qu'elle est en train de faire, Chad la pousse dans son siège, s'assoit à côté d'elle et leur chaise s'élève dans les airs. Taylor regarde nerveusement droit devant elle.

Le siège suivant avance alors jusqu'à Gabriella et Troy qui s'y assoient. D'habitude, la jeune fille n'a pas le vertige, mais cette fois, elle laisse échapper un petit cri étouffé quand le siège quitte le sol en un soubresaut. Pendant que la chaise commence à s'élever lentement dans les airs, Gabriella garde les yeux rivés devant elle et se force à prendre de grandes respirations.

Puis, elle sent Troy passer son bras autour de ses épaules.

— Détends-toi, lui dit-il doucement. Tu es montée dans le télésiège hier, pas vrai ? Et tu as survécu.

Elle se sent instantanément plus calme. Elle tourne la tête vers lui pour lui sourire.

— Merci. Je crois que Taylor m'a transmis un peu de son anxiété.

— Elle semble plutôt bien à présent, tu ne trouves pas ? fait-il remarquer en désignant le siège devant eux.

Gabriella suit son regard. Chad et Taylor plaisantent et rient.

— Ouais, dit-elle. On dirait bien que notre plan fonctionne !

Quand ils approchent du sommet de la montagne, Troy et Gabriella observent Chad et Taylor dont c'est le tour de descendre de la chaise. Au début, Taylor se débat un peu, mais elle réussit rapidement à retrouver son équilibre et à quitter le télésiège en toute sécurité. Un instant plus tard, c'est au tour de Troy et de Gabriella de descendre. Quand ils rejoignent leurs amis, Gabriella sourit à une Taylor très soulagée.

— Tu vois ? dit-elle. Ce n'était pas si difficile, pas vrai ?

— Non, admet Taylor. Mais c'est bien parce que Chad a parlé durant tout le trajet et que ça m'a totalement empêchée de penser au fait très important que j'étais en train de me balancer à une centaine de mètres dans les airs.

Chad s'incline.

— À votre service, déclare-t-il solennellement.

Une fois rendu en haut de la piste, cependant, c'est au tour de Chad de montrer des signes d'anxiété.

Troy et lui sont en haut de la pente, non loin des filles. Chad fixe le flanc de la montagne qui lui semble à présent bien plus pentu qu'il n'en avait l'air, vu d'en bas. Vraiment très en pente.

— Je ne sais pas trop, mon vieux, dit-il, mal à l'aise. Il n'y a vraiment aucun autre moyen de se rendre en bas de cette montagne ?

Troy s'esclaffe.

— Non, aucun autre. Voyons, tu es un athlète-né ! Tu vas comprendre la technique en un rien de temps.

— Je suis un athlète-né sur un terrain de basket, fait remarquer Chad. Et un terrain, c'est plat. Et ce n'est pas glacé.

— Bon, commençons par la glissade en appui talons, propose Troy. Comme ça, tu sauras au moins comment t'arrêter. Puis, on enchaînera avec la descente en zigzag et… Eh bien, ce sera probablement tout pour aujourd'hui. Tu es prêt ?

Chad hoche la tête, à regret.

— Aussi prêt que je peux l'être.

Une demi-heure plus tard, il décide qu'il n'est plus tout à fait de cet avis.

— Peux-tu me rappeler pourquoi je fais ça, encore ? demande-t-il à Troy depuis le banc de neige où il est allé s'échouer.

— Parce que c'est amusant, répond Troy en lui tendant la main pour l'aider à se relever.

— Amusant. Ah oui, c'est vrai ! répond Chad pendant qu'un filet de neige fondue glisse le long de son cou et le fait frissonner. Merci de me le rappeler.

— Enfin, c'est plus amusant quand on maîtrise mieux la technique, convient Troy. Les premiers jours sont toujours les plus difficiles.

— Tu rigoles, dit Chad avec mélancolie. J'ai passé plus de temps par terre que debout.

Frustré, il donne un coup de pied dans la neige.

— C'est à cause de cette stupide neige ! lance-t-il. C'est de la kryptonite pour moi !

Gabriella et Taylor, qui viennent de quitter l'endroit où elles sont tombées pour rejoindre tranquillement les garçons, arrivent juste à temps pour entendre ce dernier commentaire.

— Ce qui voudrait dire que tu es Superman, alors, déduit Taylor avec un sourire.

Chad ne peut s'empêcher de rire de sa blague.

— Ou plutôt Clark Kent, réplique-t-il d'un air désabusé, en balayant la neige de son pantalon.

— Ne m'en parle pas, approuve Gabriella, les yeux brillants et les joues rosies par le froid. C'est bien plus difficile que ça en a l'air !

— Plus difficile à la puissance dix ! renchérit Taylor en pouffant de rire. Mais que serait la vie sans un petit défi, hein ?

— Tu as raison, déclare Gabriella d'un ton déterminé. Alors… on fait un autre essai ?

Taylor approuve d'un signe. Aussitôt, les deux filles s'élancent à nouveau sur la piste, descendant la pente, secouées par un fou rire tenace. Chad les regarde aller, puis se tourne vers Troy qui est en train de l'examiner pensivement.

— Vas-tu laisser Taylor et Gabriella nous dépasser ? le taquine Troy.

— Pas question, s'empresse de répondre Chad.

Troy sourit fièrement.

— O. K., O. K., tu es un maître de la motivation, je le reconnais ! s'esclaffe Chad. Bon, à présent, montre-moi encore comment on fait pour avancer avant qu'elles n'arrivent en bas les premières !

— Ryan ! Où étais-tu passé ?

Sharpay entre en trombe dans le salon, se plante devant la cheminée, les mains sur les hanches et fusille son frère du regard. Debout devant le feu qui crépite dans l'âtre, sa silhouette se détache des flammes et cela la rend encore plus intimidante qu'à l'habitude aux yeux de Ryan.

— Tu n'étais pas à la répétition !

Il lève les yeux vers elle et essaie d'adopter un air innocent. Malheureusement, pour cela, il doit maintenir les yeux écarquillés sans cligner, ce qui s'avère assez inconfortable.

— Je t'ai attendu au club pendant une heure ! poursuit Sharpay. Pourquoi n'es-tu pas venu ?

— Oh, nous étions censés répéter encore aujourd'hui ? Je suis désolé, je croyais que c'était prévu pour demain…

En le disant, Ryan comprend à quel point son argument est faible, mais il n'a jamais eu de répartie.

— Bon, bon, *bon*, répond Sharpay qui ne semble pas convaincue le moins du monde. Je suppose que cette fille n'a rien à voir avec ton manque flagrant de professionnalisme ?

Jusqu'ici, le plan de Ryan ne fonctionne pas très bien et le garçon est déjà à court d'idées. Il regarde Sharpay innocemment et dit:

— Quelle fille ?

Elle sourit d'un air narquois.

— Oh, tu sais, celle qui porte le même nom qu'une ville de Géorgie, dit-elle en roulant des yeux. Atlanta ?

Ryan fixe sa sœur d'un regard furieux.

— Si c'est à *Savannah* que tu penses, répond-il avec froideur, il se trouve que oui, je viens de passer la matinée avec elle…

— Quoi ? s'insurge Sharpay.

— Parce que je suis en *vacances*, Sharpay ! lance-t-il d'une voix forte. Nous le sommes tous ! C'est super que tu veuilles participer au concours, mais pourquoi ne pas te contenter de passer sur scène et de chanter spontanément, comme le font tous les autres ?

Elle a un sursaut étouffé.

— Je n'en crois pas mes oreilles, lance-t-elle en secouant la tête. Se produire sur une scène sans avoir *répété* ? As-tu perdu la tête ?

Mais avant que Ryan n'ait le temps de répondre, Kelsi entre, une partition à la main. Son visage s'illumine lorsqu'elle les aperçoit.

— Salut vous autres ! lance-t-elle. Devinez quoi ? Je viens tout juste d'écrire une nouvelle chanson…

— Formidable, réplique sèchement Sharpay. Ryan, c'est maintenant que tu dois choisir…

Kelsi se laisse tomber sur le canapé.

— En fait, je crois que c'est plutôt bon, dit-elle doucement. Mais j'aurais vraiment besoin d'entendre quelqu'un la chanter, alors je me demandais…

Sharpay continue à l'ignorer. Toute son attention est concentrée sur son frère qui lui oppose un regard déterminé, ce même regard qu'elle a pu observer de plus en plus souvent ces derniers temps. Depuis qu'il a commencé à fréquenter les Wildcats l'été dernier, pour être plus précis.

— Alors, veux-tu, oui ou non, participer au concours avec moi ? demande-t-elle avec agacement.

— Si ça implique de passer tous mes temps libres à répéter, réplique Ryan avec colère, alors non, je ne veux pas !

— Très bien ! hurle Sharpay. Dans ce cas, tu es congédié !

— Tu ne peux pas me congédier ! hurle-t-il à son tour. Je démissionne !

Kelsi, les yeux ronds, dévisage Sharpay et Ryan tour à tour. Elle s'attend à une réaction explosive de Sharpay, mais celle-ci ne semble pas parvenir à trouver de remarque suffisamment cinglante à lui servir.

— Peu *im-por-te*, finit-elle par dire avant de tourner les talons et de sortir de la pièce à grands pas.

Kelsi et Ryan soupirent de soulagement en même temps, puis leurs regards se croisent et tous deux pouffent de rire.

— Désolé, dit Ryan.

Il se demande pendant un moment combien de fois il a dû excuser la conduite de Sharpay au fil des ans, puis se dit que ça ne vaut même pas la peine d'essayer de les compter.

— Ce concours de karaoké la stresse un peu.

— Je crois que j'avais deviné, répond Kelsi.

Ryan jette un coup d'œil à la partition qu'elle a à la main.

— Qu'est-ce que tu disais au sujet de cette nouvelle chanson?

Son visage s'illumine.

— Oh oui! J'étais en train de jouer du piano juste pour le plaisir après le déjeuner quand, tout à coup, une mélodie m'est venue en tête. D'habitude, je dois travailler une chanson pendant des semaines, mais celle-ci... on dirait qu'elle est sortie de nulle part.

— Hé! c'est vraiment chouette, fait Ryan, impressionné.

— Eh bien, ouais, répond Kelsi dont le sourire s'efface un peu. Bien sûr, ça signifie peut-être qu'elle ne vaut rien. C'est pour ça que je voulais entendre quelqu'un la chanter...

— Fais-moi voir, dit Ryan en lui prenant la partition des mains et en commençant à déchiffrer les notes. Hé! Ça a l'air super!

Il lève les yeux vers elle.

— Tu sais, ça me donne une idée…

* * *

— Allô ? dit Sharpay dans le microphone. Test, un, deux, trois.

Elle grimace en entendant le bruit strident de rétro-action acoustique qui se répercute à travers le local vide du club.

— Désolé, désolé ! crie Sammy en surgissant de derrière le tas de matériel électronique.

Pour tout dire, Sammy étudie au collège et il travaille à temps partiel au centre de villégiature. Comme il l'a expliqué à Sharpay, il a eu cet emploi grâce à son oncle qui travaille à la comptabilité.

— Il faut dire que je suis un pro du matériel audio, s'est-il vanté. À vrai dire, je suis même un génie.

À mon avis, il n'a rien d'un génie, songe Sharpay avec humeur. Il ne réussit même pas à faire fonctionner le microphone correctement ! Et il n'a pas l'apparence d'un génie non plus. Son visage joufflu transpire pendant qu'il se bat nerveusement avec toutes sortes de câbles.

— Patience, dit-il. Une petite minute et tout sera arrangé…

Sharpay tambourine des doigts sur le microphone avec impatience. Elle n'a pas l'habitude d'attendre. Elle déteste attendre. Et elle n'est certainement pas d'humeur à faire quelque chose qu'elle déteste.

Krrriiiiii !

Elle tourne brusquement la tête et regarde Sammy d'un air menaçant. Celui-ci est maintenant en train de ramper derrière l'équipement audio. Il ne peut pas voir son regard furieux, mais il doit l'avoir imaginé parce qu'il agite une main en signe d'excuse au-dessus des haut-parleurs.

— Ça y est presque ! crie-t-il.

— Je l'espère bien ! crie-t-elle en retour. Je n'ai pas que ça à faire, tu sais !

Pour essayer de se calmer, Sharpay se met à arpenter la scène de long en large.

À vrai dire, c'est bien ça le problème, songe-t-elle. Je n'ai rien d'autre à faire de la journée.

Elle n'a personne avec qui passer du temps. Depuis sa querelle avec elle, Ryan s'amuse sur les pentes avec Savannah. Et puis, après avoir fait tout un plat sur l'importance des répétitions, elle se sentirait ridicule de changer d'idée et d'aller voir les autres pour leur demander si elle peut se joindre à eux.

Elle s'arrête au bord de la scène et baisse les yeux. Elle porte l'un de ses costumes préférés : une robe à froufrous rose et pourpre, et des chaussures à talons hauts roses, à lanières. Habituellement, le simple fait d'enfiler ce costume la rend de bonne humeur. Aujourd'hui, cependant...

— Sammy ! hurle-t-elle.

— Je l'ai ! répond-il en se relevant, radieux. Tu peux l'essayer à présent.

Elle prend une profonde respiration. Si ça ne fonctionne toujours pas, elle sent qu'elle va entrer dans une de ces colères !... Mais il n'y a plus de bruit de rétro-action lorsqu'elle met le microphone en marche. Sa voix résonne dans toute la salle. Sharpay sourit. C'est plus fort qu'elle : elle adore entendre le son de sa voix.

— Bon, enfin, dit-elle avec un soupir d'impatience. O. K., fais partir ma musique...

Elle prend la pose et, dès que la musique retentit, elle se met à danser. Elle occupe toute la scène. Pendant les quelques minutes qui suivent, elle se donne au maximum et exécute son numéro comme elle prévoit le faire pour la Saint-Sylvestre. Elle termine sa performance par un grand mouvement de jambe, suivi d'une pirouette avant de se figer dans une autre pose triomphante, les mains tendues bien haut au-dessus de sa tête.

La musique s'arrête. Sharpay garde la pose. Son sourire est éclatant. Rien ne la réjouit plus que de se donner en spectacle.

Soudain, elle se rend compte que Sammy la fixe, béat d'admiration. Il est debout et il l'applaudit.

— Bravo ! crie-t-il.

— Tu devrais plutôt crier *brava*, le corrige Sharpay, étant donné que je suis une fille.

Elle sourit néanmoins d'un air satisfait et descend de scène pour rejoindre Sammy.

— Tu étais formidable ! s'exclame-t-il.

— Naturellement, répond Sharpay en repoussant ses cheveux et en lui adressant un sourire entendu.

— Tu vas remporter ce concours, c'est certain, ajoute-t-il avec sincérité. Personne ne risque de te faire de l'ombre !

— Hum !… fait Sharpay en cessant aussitôt de sourire.

Elle a déjà entendu ces paroles par le passé. En fait, elle les a même prononcées à Ryan, quand Troy et Gabriella s'étaient inscrits aux auditions de *La nuit étoilée*. Cette fois-là, elle avait été certaine de remporter le rôle… mais que s'était-il passé ? Elle avait vécu son premier revers professionnel !

Elle se renfrogne en se souvenant à quel point elle avait été dévastée de voir Gabriella lui ravir le rôle. Par chance, Sammy vient balayer ses pensées en continuant à la complimenter de la façon la plus gratifiante qui soit.

— Ce que je veux dire, c'est que j'en ai vu des gens chanter au karaoké ici, poursuit-il. Trop, à vrai dire. Mais aucune ne t'arrive à la cheville.

Elle penche la tête de côté et l'évalue du regard.

— C'est très gentil de dire ça, dit-elle. Mais tu sais, les juges sont parfois, disons, irrationnels. Si seulement il existait un moyen de m'assurer que je vais bel et bien gagner…

Sammy reste planté devant elle à la fixer. Son visage rond affiche un air perplexe.

— Tu peux me croire, tu n'auras aucune concurrence…

— Peut-être pas, répond-elle d'un ton tranchant, mais il se trouve que je connais deux personnes en particulier qui vont participer à ce concours et que ces deux personnes ont déjà remporté des auditions qu'elles n'auraient jamais dû remporter. C'est pourquoi j'aimerais…

Elle fait une pause et lui adresse un regard qui en dit long.

— … m'assurer que cela ne se reproduise pas.

Sammy essaie de déglutir. Il a l'impression qu'elle va lui demander de faire quelque chose que, d'un point de vue strictement éthique, un ingénieur du son ne devrait pas faire. Et Sammy prend le code de déontologie des ingénieurs du son très au sérieux.

— Je tiens vraiment à remporter ce concours, dit-elle en feignant l'innocence. Cela signifierait tellement pour moi si tu pouvais m'aider…

Sammy ne peut résister au charme de Sharpay et pousse un soupir.

— As-tu une idée en tête ? demande-t-il lentement.

Sharpay sourit de contentement et se penche vers lui pour lui murmurer son plan à l'oreille.

Quand elle quitte le club, laissant Sammy à ses branchements audio, Sharpay chantonne. Maintenant qu'elle a fini de travailler pour la journée, elle a envie de prendre l'air. Elle s'empresse donc de monter à sa chambre, d'enfiler ses vêtements de ski, et de filer vers la montagne. Elle a hâte de dévaler les pentes.

En traversant le hall, elle aperçoit Matt, le mignon secouriste. Il discute avec une fille dont la cheville droite est immobilisée dans une attelle temporaire.

Les yeux de Sharpay se plissent de mécontentement lorsqu'elle remarque les autres personnes qui se trouvent près d'eux : Ryan et cette fille qu'il persiste à fréquenter. Quel est son nom déjà ? Sharpay essaie de se souvenir. Ah oui ! *Savannah.*

Sharpay fait la moue quand elle voit l'autre fille contempler Matt avec adoration. Apparemment, elle est l'amie de Savannah.

— Je t'assure, je ne sais pas comment te remercier ! roucoule-t-elle en rejetant une boucle de ses cheveux noirs derrière son épaule. Je ne sais pas ce que je serais devenue si tu ne m'avais pas trouvée !

— Ce n'est rien, répond Matt en haussant les épaules, l'air visiblement ravi. Je fais juste mon boulot.

— Je sais que c'est ton travail, mais ça ne rend pas ton acte moins héroïque ! s'exclame Savannah. Jeanine s'est fait tellement mal en se foulant la cheville qu'elle était incapable de faire un pas. Elle aurait pu mourir de froid !

— Eh bien, c'est à ça que je sers : à aider dans des situations de ce genre.

Quoi qu'il ait accompli, Matt essaie de toute évidence de minimiser l'importance de son geste. Même de l'endroit où elle se trouve, Sharpay peut voir qu'il rougit un peu.

— Laisse-moi au moins t'offrir un chocolat chaud pour te prouver ma reconnaissance, insiste Jeanine. C'est le moins que je puisse faire.

Matt lui sourit d'un air amical.

— Bien sûr. Pourquoi pas ?

Sharpay plisse encore les yeux en les voyant s'éloigner vers la salle à manger. Malgré tous ses efforts, elle n'a même pas réussi à retenir Matt près d'elle pour une conversation de cinq minutes, encore moins pour déguster une bonne tasse de chocolat chaud en sa compagnie. C'est clair, quelque chose ne tourne pas rond dans l'Univers…

C'est à ce moment que Ryan l'aperçoit, puis fait semblant de ne pas l'avoir vue. Il chuchote quelque chose à l'oreille de Savannah, et tente aussitôt de filer en douce.

— Ryan ! crie Sharpay.

Elle s'empresse de rattraper son frère et Savannah.

— Oh, bonjour Sharpay ! dit-il en souriant nerveusement. Où étais-tu ? Ça fait longtemps que je ne t'ai pas vue.

— Bien sûr que tu ne m'as pas vue, répond-elle du tac au tac. Parce que *moi*, je répétais, et ça s'est formidablement bien passé.

— C'est super, commente Savannah avec diplomatie. Ryan m'a dit quelle grande chanteuse tu es. Nous avons tous très hâte de t'entendre, lors du concours.

Surprise par le compliment, Sharpay a un moment d'hésitation, mais elle se ressaisit rapidement.

— Je comprends votre hâte, déclare-t-elle en donnant un petit coup de tête.

Puis, d'une voix délibérément désintéressée, elle ajoute :

— Et ton amie ? Que s'est-elle faite à la cheville ?

Savannah ouvre de grands yeux.

— Oh, c'était tellement effrayant ! Pendant qu'elle skiait hier, elle a légèrement dérapé et elle est tombée dans une petite crevasse !

— Ce qui n'aurait pas été un problème, renchérit Ryan, sauf qu'elle s'est blessée à la cheville en tombant, et elle ne pouvait plus se dégager de là.

— Comme nous avons été témoins de la scène, je suis restée avec Jeanine pendant que Ryan est venu avertir la patrouille de secouristes, raconte-t-elle en regardant Ryan, rayonnante de fierté. Je ne sais pas ce que j'aurais fait si Ryan n'avait pas été là !

C'est maintenant au tour de Ryan de rougir.

— Je suis content d'avoir pu me rendre utile, proteste-t-il timidement, et aussi de savoir que Jeanine se porte bien. Des accidents de ce genre, tu sais, ça donne une sacrée frousse…

Il continue à parler, mais Sharpay ne l'entend plus. Son esprit a saisi ce qu'elle vient d'entendre. Premièrement, et c'est l'élément le plus important, elle a compris que lorsqu'un skieur se retrouve dans une mauvaise situation, Matt vient le secourir. Elle a aussi compris que la personne secourue risque de recevoir beaucoup d'attention, particulièrement de la part de Matt. Et si cela se produit, raisonne Sharpay, d'autres personnes (Troy, par exemple) seraient sûrement très jalouses. Tout cela mènerait à la situation agréable dans laquelle Sharpay bénéficierait de l'attention de non pas un, mais bien de deux garçons très mignons !

C'est ainsi que Sharpay a sa deuxième idée brillante de la journée.

6

Pendant ce temps, sur la montagne, Chad se tient soigneusement en équilibre sur sa planche à neige. Il s'élance et dévale la pente.

— O. K., crie-t-il. C'est parti…

Il saute une bosse, s'élève dans les airs… et atterrit adroitement !

— Super ! lui crie Troy.

Gabriella et Taylor poussent des hourras et tapent des mains. Jason et Zeke, qui les ont rejoints, participent à l'animation générale en lançant des cris de joie.

Tout sourire, Chad fait un salut, puis remonte la pente pour aller les retrouver.

— Mon vieux, c'était vraiment une sensation super ! s'exclame-t-il. Tu avais raison, Troy. Ça valait la peine de tomber à plusieurs reprises tête première dans la neige, juste pour être ensuite capable de réussir un saut une fois dans ma vie.

— Je te l'avais bien dit que tu en serais capable, répond Troy en riant.

— Tu étais beau à voir, lui dit Taylor avec une chaleur inhabituelle dans la voix.

Quand il la regarde d'un air méfiant, elle hoche la tête et ajoute :

— Vraiment. Je ne me moque pas.

Il lui fait un grand sourire.

— Merci. Au fait, j'ai remarqué que tu avais quelque difficulté avec ton *wheelie*. Ça te dirait de suivre un cours avec un super planchiste comme moi ?

Taylor lève les yeux au ciel et éclate de rire.

— Bien sûr, répond-elle. Mais vas-y lentement, monsieur l'expert.

Pendant que Chad et Taylor s'éloignent pour perfectionner leurs *wheelies*, Jason et Zeke sautent sur leur planche et dévalent la pente. Troy et Gabriella, qui les regardent, se crispent un peu quand ils voient Jason déraper et glisser sur le dos sur plusieurs mètres. Zeke fait de même quelques secondes plus tard et percute Jason de plein fouet.

— Penses-tu qu'ils ont besoin d'aide ? demande Gabriella d'une voix inquiète.

Troy plisse les yeux pour mieux voir, puis secoue la tête en souriant.

— Je les entends rire d'ici. Je crois qu'ils vont bien.

— Ouf, tant mieux ! dit-elle, soulagée.

Pendant un moment, il n'y a aucun autre skieur ou planchiste aux alentours. À part le vent dans les arbres, tout est silencieux. Gabriella lève les yeux vers Troy et lui sourit.

— Tu sais, je suis ravie d'être ici avec tous nos amis, j'adore ça, mais un moment comme celui-ci est agréable aussi. Juste nous deux, dit-elle timidement.

Elle baisse aussitôt les yeux. Et si Troy préférait être avec un groupe d'amis plutôt que seul ici avec elle ? Et si tout ce qui comptait pour lui, c'était de s'amuser avec sa bande de copains ? Gabriella se sent affreusement gênée. Et si elle venait de se ridiculiser complètement ?

Tandis qu'elle se démène pour trouver quelque chose d'autre à dire, Troy lui sourit.

— Je sais, dit-il. Comme l'an dernier, pas vrai ?

— Oui ! dit-elle en sentant un grand soulagement l'envahir. Tu sais, ce souvenir est très précieux pour moi, Troy.

— Pour moi aussi, renchérit-il. D'une certaine façon, je m'attendais à ce qu'il se répète cette année, mais je n'avais pas pensé que ce voyage serait à ce point différent de celui de l'an dernier. Avec Chad et Taylor, et tout le monde ici, aussi.

Tout à coup, un grand cri vient détourner leur attention. Ils se retournent et constatent que Chad et Taylor, qui viennent de tenter une autre descente, sont tombés tous les deux près de Jason et Zeke, qui ont sauté sur l'occasion pour les bombarder de boules de neige. Troy s'esclaffe et secoue la tête.

— Ces gars ont beau être très amusants, les moments que je passe avec eux ne sont pas comparables à ceux que je passe avec toi.

Gabriella sent son cœur battre plus vite.

— Je suis tellement contente que tu ressentes la même chose que moi, dit-elle en lui souriant.

— Bien sûr que je me sens comme toi ! réplique-t-il en lui souriant à son tour. Hé ! tâchons de trouver le temps de nous asseoir près de la cheminée ce soir, d'accord ? Et puis demain, nous pourrions aller prendre un chocolat chaud ensemble à ce petit comptoir près de la patinoire ? Puis, au réveillon de la Saint-Sylvestre…

— … nous chanterons au karaoké ! le coupe Gabriella, en riant. Ça me semble parfait !

— Super, dit-il. Mais d'abord, nous devons nous rendre au pied de cette montagne.

— Ah !… c'est vrai ! approuve Gabriella en contemplant la piste glacée d'un air hésitant. Je ne suis pas certaine d'avoir bien compris la technique, cependant…

— Tu t'es très bien débrouillée hier, lui rappelle Troy pour l'encourager. Dans peu de temps, tu vas faire des figures aériennes.

Gabriella pouffe de rire.

— Quoi ? dit-il en la regardant.

— Quel entraîneur tu fais ! s'exclame-t-elle. Jusqu'à présent, j'ai seulement réussi à glisser d'un ou deux mètres sans tomber, mais tu as agi comme si je faisais des prouesses.

Il croise les bras et fait semblant de la sermonner du regard.

— Es-tu ici, à la montagne, en train d'essayer de faire de ton mieux ? demande-t-il.

— Euh, oui ! admet Gabriella.

Il lui sourit.

— Dans ce cas, je persiste à dire que tu te débrouilles très bien, conclut-il en lui faisant signe de monter sur sa planche. J'ai remarqué hier que tu avais tendance à te pencher un peu trop en avant. Je vais te donner un truc qui pourra t'aider…

C'est alors que Troy est subitement interrompu par l'arrivée d'une skieuse toute vêtue de rose qui, après avoir dévalé la piste à toute allure, vient s'arrêter à quelques mètres d'eux dans un virage spectaculaire qui envoie un jet de neige au visage de Gabriella.

— Oups! Je suis désolée! s'écrie joyeusement Sharpay.

— Ça va, répond Gabriella en balayant la neige de ses joues. Je vais prendre ça pour un soin du visage gratuit!

Troy rit, tandis que Sharpay lève les yeux au ciel.

— Tu *sais bien* que les soins du visage se font à chaud, non? souligne-t-elle.

Gabriella soupire. Sharpay a toujours réponse à tout!

— Alors, Sharpay, quoi de neuf? demande Troy. Je croyais que tu étais trop occupée à répéter pour avoir le temps de skier.

— Ma foi, ce serait un vrai gâchis de passer toutes mes vacances à l'intérieur. Et puis, ajoute-t-elle de manière hautaine, Ryan et moi, nous nous sommes faits de bons amis sur le circuit de ski. Vous savez, les skieurs fréquentent tous les lieux les plus chics : Tahoe, Saint-Moritz, Aspen. C'est tellement chouette de revoir certains de nos vieux copains, de parler des dernières nouveautés de la mode du ski, de découvrir qui on retrouvera dans les Caraïbes le mois prochain, enfin, ce genre de choses.

Gabriella sourit en se retenant de toutes ses forces pour ne pas lever les yeux au ciel.

— Bien sûr, d'habitude les skieurs ne se mêlent pas aux *planchistes*, poursuit Sharpay, mais comme je vous ai vus d'en haut, j'ai pensé m'arrêter pour vous saluer au passage.

— C'est très gentil à toi, Sharpay, dit Troy avec sérieux. Nous apprécions vraiment que tu aies fait un détour pour nous dire bonjour. Surtout que nous ne sommes pas habillés à la dernière mode des planchistes.

Elle examine les vêtements de Troy et de Gabriella : de vieux pantalons de ski, des blousons usés et des gants dépareillés. Elle hausse un sourcil et dit :

— En effet. Quoique, pour être tout à fait honnête, je ne crois pas qu'il existe vraiment quelque chose qu'on puisse appeler une mode pour planchistes, *pas vrai?*

Troy examine à son tour son habillement et se souvient que l'an dernier, il avait rapiécé sa manche avec du ruban adhésif… aujourd'hui tout gris et en lambeaux.

— Maintenant que tu en parles, répond-il, non, il n'y en a pas.

Sharpay lui fait un sourire enjôleur et dit :

— Ne t'en fais pas avec ça, Troy. Peu importe tes vêtements, tu es toujours mignon.

Bon sang ! se dit Gabriella. Sharpay peut vraiment mettre le paquet quand elle veut. Elle est acharnée !

— Bon, eh bien je pense que je vais continuer ma descente, déclare Sharpay. Je vais aller par là.

Elle désigne une piste qui mène vers un secteur de la montagne peu fréquenté.

Gabriella fronce les sourcils.

— Es-tu sûre que c'est une bonne idée d'y aller toute seule ? On dirait que peu de gens fréquentent cette piste.

— Justement !

Sharpay semble extrêmement ravie de cette remarque. Puis, elle se ressaisit et ajoute :

— Je veux dire que c'est pour cette raison que je veux essayer cette piste. Quand on a une âme sensible et artistique comme la mienne, on a parfois de la difficulté à supporter tous ces gens autour. On a parfois envie de fuir les foules et de se retrouver seul, en communion avec la nature ! On a parfois besoin de solitude pour se reposer l'esprit afin d'affronter une nouvelle journée !

— C'est vrai, dit Troy. Et parfois, on fait une grosse bêtise en allant skier seul en fin de journée.

— Franchement, Troy, tu me dis ça comme si tu ne savais pas que je fais du ski depuis toujours ! s'exclame-t-elle en donnant un petit coup de tête de côté. Ça va bien aller. Après tout, je m'en vais simplement… par là.

D'un geste théâtral, elle désigne une nouvelle fois la direction, puis elle s'élance sur ses skis dans un mouvement souple.

Pendant qu'ils la regardent s'éloigner, Gabriella adresse un regard inquiet à Troy.

— Es-tu certain qu'il n'y a aucun danger ? Il commence *vraiment* à faire noir.

— Oh, tu connais Sharpay ! répond-il avec désinvolture. Elle ne peut s'empêcher de donner un sens dramatique à tout ce qu'elle fait. Une fois qu'elle se retrouvera seule en pleine nature, elle prendra conscience qu'il n'y a personne pour la regarder, et elle rentrera comme une flèche à l'hôtel.

— Tu as bien raison, s'esclaffe Gabriella.

— Bon, maintenant, si on revenait à ce truc que je voulais t'apprendre ? dit Troy.

Sharpay dévale la piste, satisfaite d'elle-même. Troy et Gabriella comprennent maintenant qu'elle fera exactement ce qu'elle a prévu. Et tous les deux ont une petite mine inquiète. Ils ne manqueront pas de signaler son absence si elle n'est pas là au repas du soir.

En entamant le dernier virage, elle ralentit, puis fait exprès de se diriger vers un petit bosquet d'arbres. C'est de cette façon qu'elle aurait skié si elle avait perdu la maîtrise de ses skis et qu'elle avait été incapable de finir la descente correctement. C'est l'endroit tout désigné où quiconque — quiconque s'appelant Matt bien sûr, son sauveteur potentiel — la cherchera dès que ses amis signaleront son absence. En d'autres mots, c'est l'endroit idéal pour mettre en scène son sauvetage.

Après avoir skié plusieurs dizaines de mètres dans le bois, elle s'arrête et regarde autour d'elle. La lumière du soleil couchant donne à la neige une couleur rose et or; là-haut, le ciel s'assombrit rapidement en un bleu intense et profond. Quelques étoiles se mettent à scintiller dans le ciel. La nuit approche à grands pas.

Sharpay pousse un profond soupir de satisfaction. Comme d'habitude, elle a imaginé le plan parfait. Tout se déroule comme elle l'espérait. À présent, il ne lui reste plus qu'à s'asseoir et à attendre.

— Brrr! fait Chad en se frottant les mains quand il pénètre dans l'hôtel. Même si la neige était super aujourd'hui, je ne suis pas fâché de rentrer au chaud !

Taylor approuve d'un hochement de tête.

— La température chute brutalement quand le soleil disparaît.

Ses yeux s'illuminent quand elle aperçoit le feu qui danse dans la cheminée.

— Je propose qu'on se déchausse et qu'on se réchauffe près du feu. On pourrait peut-être jouer à un jeu de société ?

— Bonne idée, répond Troy. Quoique, cela entraîne une autre question…

Gabriella la connaît. Elle rit en devinant ce que Troy veut l'entendre dire. Alors elle s'exécute et demande :

— Quelle question, Troy ?

— Y a-t-il quelqu'un d'assez brave pour défier le champion en titre au scrabble ? lance-t-il en levant les bras dans une pose victorieuse.

Un chœur de huées joyeuses accueille l'annonce de ce défi. La veille, ils ont joué six parties de scrabble d'affilée et Troy les a toutes gagnées, grâce à son talent — jusque-là ignoré de tous — pour placer la lettre X.

— Pas si je dois encore chercher le mot « xénon », proteste Jason. Ou « lexique ». Lire le dictionnaire, ça me rappelle trop le cours de français de la sixième période.

— Hé ! Que diriez-vous d'une petite collation ? les interrompt Zeke qui vient de repérer une table de desserts dressée le long d'un mur. Ces biscuits à la cannelle ont l'air délicieux. Et je parie qu'ils sont très bons avec du chocolat chaud.

— Hum ! je ne sais pas si c'est une bonne idée, intervient Mme Montez.

Elle vient d'entrer dans la pièce, accompagnée de la mère de Troy, et elle a entendu la suggestion de Zeke.

— Nous mangerons dans une heure. Ce serait dommage de vous couper l'appétit.

— Croyez-moi, je pourrais avaler tout ce qu'il y a sur cette table et quand même manger mon repas, déclare Zeke avec sincérité. Faire de la planche à neige tout l'après-midi, ça donne vraiment faim.

— Si j'en juge à la manière dont ces garçons me vident le frigo après un entraînement, je suis certaine qu'il dit vrai, confirme Mme Bolton à Mme Montez.

— Alors, cette réponse signifie-t-elle « oui, nous pouvons manger quelques biscuits »? demande Troy. Le repas ne sera pas servi avant un très long délai de soixante minutes?

— Oh, pourquoi pas! s'exclame Mme Montez en souriant. Nous sommes en vacances, après tout! À vrai dire, je vais même vous accompagner!

Ils se dirigent tous vers la table des desserts en riant et se retrouvent confrontés à un dilemme douloureux : chaussons aux pommes et biscuits à la cannelle, ou portion de maïs soufflé au caramel? Ils finissent par prendre un peu de chaque dessert, et se les partager entre eux.

* * *

Dans la forêt, la nuit approche à grands pas. Sharpay frissonne en regardant la lumière du soleil couchant disparaître peu à peu du ciel. Loin des projecteurs des pistes de ski et des lumières de l'hôtel, elle se retrouve seule, plongée dans une obscurité totale, comme elle n'en a jamais vue de toute sa vie.

La nuit est aussi complètement silencieuse et immobile. Elle n'entend aucun secouriste crier son nom. Aucun bruit de ses amis qui s'enfoncent dans la neige pour tenter de la retrouver. Aucun indice, à vrai dire, que quiconque est parti à sa recherche…

À l'heure qu'il est, ils sont tous rentrés à l'hôtel, songe-t-elle. Ils sont probablement sur le point de manger. C'est à ce moment-là qu'ils vont remarquer mon absence.

Elle se sent un peu soulagée à cette pensée, mais son soulagement est de courte durée.

Son estomac commence à gronder et elle préférerait ne pas avoir à penser au repas.

Et puis, le silence de la forêt n'est pas aussi absolu qu'elle l'a d'abord cru. En fait, un bruissement plutôt sinistre provient de temps à autre des buissons. Quelque chose comme un ours, un loup ou un autre sorte d'animal sauvage qui, lui aussi, est affamé…

Sharpay commence à marteler le sol des pieds, en partie pour les garder au chaud et en partie pour faire fuir toute créature effrayante des environs.

Si un ours me tue et me dévore, songe-t-elle farouchement, tout le monde en sera très, très désolé !

Curieusement, cette pensée ne lui remonte pas le moral.

— Je le jure : « divaphobie » est un vrai mot, s'esclaffe Troy.

— Bien, dit Gabriella d'un ton moqueur. Dans ce cas, que veut-il dire ?

— Euh ! c'est la peur de se retrouver enfermé dans un espace restreint avec quelqu'un qui a un gros *ego*, répond Troy le plus sérieusement du monde.

Chad encourage le groupe à huer ce mensonge. Puis, tant qu'à y être, il lance un grain de maïs soufflé au caramel sur Troy.

— Bel essai, raille-t-il, mais tout le monde sait que le mot pour ça, est « Sharpayphobie » !

Il regarde aux alentours dans l'espoir que Sharpay soit dans les parages et assez près pour avoir entendu sa blague. Chad adore taquiner Sharpay. Elle mord toujours à l'hameçon, et c'est plutôt amusant de la voir se mettre en colère contre lui.

C'est à ce moment que Zeke arrive dans la pièce, l'air inquiet.

— Hé ! je cherchais Sharpay pour voir si elle voulait goûter à l'un de ces desserts, mais je ne la trouve nulle part, déclare-t-il. Quelqu'un d'entre vous sait-il où elle est ?

— Sûrement en train de répéter ? suggère Kelsi.

— En train d'essayer encore une fois tous ses costumes ? propose Taylor.

— En train de se préparer pour son plan d'enfer ? risque Jason.

Tout le monde rit, sauf Zeke.

— Sérieusement, tout le monde, je ne l'ai pas vue de toute la soirée, dit-il d'une voix inquiète. Ryan affirme que personne ne l'a aperçue depuis des heures. Je viens d'aller voir au club, et elle n'y est pas non plus.

Les paroles de Zeke commencent à faire leur effet. Les jeunes restent assis en silence, puis ils échangent des regards anxieux.

— Nous ferions mieux d'avertir mon père, déclare Troy. Au cas où…

— À quel moment quelqu'un a-t-il vu Sharpay pour la dernière fois ?

Matt dévisage les Wildcats un à un, avec un air très sérieux. Deux autres membres de l'équipe de secouristes l'accompagnent, prêts à déclencher des recherches.

— Elle est passée en ski à l'endroit où Gabriella et moi faisions de la planche à neige cet après-midi, lance spontanément Troy. D'après moi, c'était aux environs de seize heures trente.

Gabriella semble préoccupée.

— Elle a dit qu'elle allait essayer une piste peu fréquentée, rapporte-t-elle. Nous lui avons fait remarquer que ce n'était peut-être pas une bonne idée, mais elle ne nous a pas écoutés. Nous aurions dû nous montrer plus insistants, ajoute-t-elle faiblement.

Personne ne dit mot, mais tout le monde a la même pensée : quand Sharpay décide de faire quelque chose, elle le fait.

Matt échange des regards avec les autres membres de l'équipe.

— Montrez-nous de quelle piste il s'agit, dit-il en dépliant une carte. Et dans quelle direction elle est allée…

La lune brille avec éclat dans le ciel noir de jais. La nuit est magnifique, mais Sharpay n'est pas en état de l'apprécier. Les bruits étranges persistent. Des heures semblent s'être écoulées et, pourtant, il n'y a toujours aucun signe des secours.

C'est seulement à ce moment que la jeune fille pense à utiliser son téléphone cellulaire! Elle ouvre sa poche, en sort l'appareil, et le déplie en sentant un grand soulagement traverser tout son corps... enfin, jusqu'à ce qu'elle voie l'écran.

AUCUN RÉSEAU DISPONIBLE.

Sharpay fixe les montagnes d'un regard furieux : ce sont elles qui bloquent la réception du téléphone cellulaire.

C'est trop injuste, se dit-elle. Quelle utilité de posséder le plus sophistiqué des téléphones cellulaires si l'appareil ne fonctionne pas au moment où l'on en a le plus besoin!

Tout en s'enveloppant de ses bras et en claquant des dents, elle se voit forcée de reconnaître que cette fois, son don pour les intrigues l'a bel et bien laissée tomber. En fait, plus elle reste dans l'obscurité et le froid, et plus elle prend conscience que ce plan n'est manifestement pas la meilleure idée qu'elle a eue.

— Sharpay! Est-ce que tu m'entends?

— Hou ! hou ! Sharpay ! Crie si tu nous entends !

Les membres de l'équipe de secouristes à skis avancent avec peine dans les bois, appelant Sharpay à chaque mètre parcouru, puis s'arrêtant pour détecter une réponse éventuelle.

— Sharpay ! Où es-tu ?

De la terrasse où ils se trouvent, Troy et Gabriella perçoivent les cris des secouristes, bien que ceux-ci se fassent de plus en plus faibles au fur et à mesure qu'ils s'éloignent.

Troy se tourne vers Gabriella.

— Je n'arrive pas à croire que nous l'ayons laissée partir comme ça, toute seule de son côté, dit-il doucement.

— Je sais, approuve-t-elle. Au moins, elle nous a dit où elle allait.

Elle désigne les lueurs des lampes de poche des secouristes qui s'agitent au loin.

— Je suis certaine qu'ils vont bientôt la retrouver.

— Ouais, approuve Troy. Je l'espère de tout cœur.

— Bon sang, mais quelle idée j'ai eue ! dit Sharpay à voix haute.

Elle voit de petites volutes de vapeur condensée sortir de sa bouche chaque fois qu'elle prononce un mot, ce qui contribue à lui rappeler à quel point elle a froid.

— Comment ai-je pu être aussi idiote ?

Une larme glisse sur sa joue. Elle l'essuie rapidement avant qu'elle se fige sur place.

Soudain, une voix retentit dans l'air glacial. Sharpay lève les yeux, le corps en alerte.

— Sharpay ! appelle encore la voix. Où es-tu ?

— Ici ! crie-t-elle en sautant sur place. Par ici !

Quelques instants plus tard, quelqu'un surgit des buissons. C'est Matt. Elle lui saute au cou, en sanglotant de soulagement.

— Oh ! merci, tu m'as trouvée ! s'écrie-t-elle.

— Tu n'es pas blessée ? Bien. Rentrons vite au chaud, dit-il sèchement.

Quand elle est enfin de retour à l'hôtel, Sharpay est exténuée. Mais lorsqu'elle voit les Wildcats s'attrouper autour d'elle, l'air inquiet, elle se sent mieux. Une fois qu'on l'a installée sur un canapé devant l'âtre, qu'elle a une tasse de chocolat chaud à la main et un sandwich au fromage fondu à manger, Sharpay savoure enfin le caractère dramatique de son expérience.

— … et juste au moment où je commençais à perdre espoir, j'ai regardé autour de moi et j'ai aperçu Matt ! s'exclame-t-elle en lui adressant un sourire. Dès lors, j'ai su que j'étais sauvée.

— Hum ! dit-il sans lui retourner son sourire, mais les choses auraient pu bien mal tourner, tu sais. Tu aurais pu te blesser ou nous aurions pu avoir beaucoup plus de difficulté à te trouver. Alors, à l'avenir, tu y penseras à deux fois avant d'aller skier toute seule, d'accord ?

Sharpay se renfrogne un peu. Elle n'a pas l'habitude d'être grondée et elle n'a *absolument* pas l'habitude qu'on ignore ses tentatives de séduction… mais elle se rappelle ensuite combien elle s'est sentie seule et glacée et effrayée.

— Oui, dit doucement Sharpay. Je promets d'être plus prudente dorénavant.

— Bien.

Il remarque alors que certains membres de l'équipe de secouristes font signe à Matt de loin.

— Eh bien, tout le monde, passez un beau réveillon demain, lance-t-il avant de jeter un dernier regard d'avertissement à Sharpay. Beau et *rassurant*.

Après son départ, chacun décide de prendre une dernière tasse de chocolat chaud avant d'aller au lit. Zeke s'empresse d'aller chercher deux tasses et d'en porter une à Sharpay avec délicatesse.

— Je suis tellement content qu'il ne te soit rien arrivé, déclare-t-il en lui tendant la tasse. J'étais véritablement inquiet.

— Tu étais inquiet? répond Sharpay en lui adressant un tout petit sourire et en prenant une gorgée du breuvage.

— Oui. Quand j'ai vu que tu n'étais nulle part, j'ai averti tout le monde qu'il se passait quelque chose. Les autres croyaient tous que tu étais occupée à essayer tes costumes pour ton numéro de demain ou que tu répétais avec Ryan.

— Vraiment? fait Sharpay.

Elle semble stupéfaite d'apprendre cette nouvelle.

— Comme ça, si tu n'avais rien dit, reprend-elle, il aurait pu s'écouler des heures avant que les recherches débutent?

Il hausse les épaules.

— C'est bien possible, oui.

Elle dépose sa tasse avec beaucoup de soin. Ses mains tremblent.

— Alors, ça veut dire que j'aurais pu rester dans le bois *toute la nuit* ?

Zeke la regarde attentivement.

— Ne sois pas fâchée, Sharpay, dit-il en essayant de la calmer. Après tout, tu es saine et sauve maintenant…

— Grâce à toi ! s'exclame Sharpay.

Elle le fixe pendant un long moment, puis elle l'enlace de ses deux bras :

— Merci, merci, merci, lance-t-elle dans un élan d'émotion. Je ne sais pas comment te remercier !

Zeke a d'abord l'air étonné, puis très, très heureux.

— Ce n'est rien, dit-il en lui faisant un grand sourire. Les amis, c'est fait pour ça.

— Je t'assure, répète-t-elle le regard plein de gratitude, je ne sais vraiment pas comment te remercier.

Il regarde Sharpay et lui sourit.

— Tu n'as pas à me remercier, Sharpay. Promets-moi simplement de ne plus jamais me faire une telle frousse !

Le soir suivant, c'est le réveillon de la Saint-Sylvestre! Quand les Wildcats arrivent au club, il est déjà rempli de jeunes qui portent des chapeaux en papier métallisé et qui soufflent dans des mirlitons. Le plancher de danse est bondé et tout le monde se trémousse au son de la musique ultra-énergique qui sort à tue-tête des haut-parleurs. Toute la bande d'amis échange de grands sourires.

— Cette fête va être géniale! crie Chad.

— Ce sera délirant! approuve Troy en tapant dans la main de Chad, puis dans celle de Zeke et de Jason.

— Ouais, dit Jason, tant que nous n'avons pas à grimper sur scène pour aller chanter.

Kelsi adresse un sourire anxieux à Jason et hoche la tête.

Au même moment, l'animateur de la soirée bondit sur scène et attrape son microphone.

— O. K., c'est l'heure de lancer le bal ! Et quoi de mieux qu'un concours de karaoké pour faire la fête !

Des cris de joie fusent de toutes parts.

— Alors, à qui l'honneur ? poursuit l'animateur.

Il survole la salle du regard. Une bande de jeunes attire son attention en criant et en désignant deux garçons de leur groupe.

— Ah ! j'aperçois des volontaires ! reprend l'animateur. Vous deux, grimpez vite ici !

Les deux garçons s'avancent d'un air penaud vers la scène, sous les nombreux encouragements et les plaisanteries de leurs amis. Toutefois, dès que la régie se met à jouer leur chanson à tue-tête, ils se lancent dans leur numéro et osent même quelques mouvements de rock'n roll, ce qui provoque les rires et les acclamations de la foule.

Taylor se crispe quand les gars terminent leur chanson par un hurlement à crever les tympans.

— Ouah ! Voilà qui donne un tout nouveau sens au mot « douleur », dit-elle en jetant un regard de côté à Gabriella. Tu ne m'avais pas dit que le karaoké est une activité *agréable* ?

— Ça l'est, s'esclaffe Gabriella, à condition de ne pas prendre ça *trop* au sérieux.

— Ce n'est sûrement pas le cas de ces deux-là, dit Taylor avec un reniflement hautain quand les deux garçons quittent la scène sous les applaudissements de leurs amis.

— Hem ! oui, eh bien, merci Aaron et Chris pour cette… hum, version *inspirée* de *Can't Wait to Get You Back*, déclare l'animateur, visiblement soulagé de faire descendre les chanteurs de scène.

Il regarde à la ronde et remarque les Wildcats.

— Bon, et maintenant, que diriez-vous de nouveaux chanteurs ?

Il regarde dans la direction de Chad.

— Oh, super, marmonne Chad en essayant de se cacher. Je déteste ce genre de situation !

— Ne sois pas timide ! Choisis une chanson et monte ici ! lance l'animateur.

Taylor sourit à Chad d'un air espiègle.

— Allons, Chad, tu ne peux pas être pire que ces deux-là.

— Tu pourrais être surprise, marmonne-t-il. De toute façon, la scène, c'est pas mon truc.

Troy sourit. Il a peine à croire que son ami, d'habitude si sûr de lui, se comporte de façon aussi timide.

— Hé, mon vieux, je sais que tu peux chanter, dit Troy. Enfin, il me semble bien que c'est ce que tu fais quand tu t'habilles dans le vestiaire.

Chad secoue la tête avec vigueur.

— Moi ? Chanter ? Non, non, non, tu dois te tromper, tu ne m'as *jamais* entendu chanter…

— C'est vrai, approuve Zeke, pince-sans-rire. Les sons que tu produis ressemblent davantage aux hurlements d'un coyote au clair de lune.

— Un coyote qui hurlerait faux, ajoute Jason, sourire aux lèvres.

Zeke éclate de rire et tape dans la main de Jason.

— Exact ! s'exclame Chad, l'air stressé. Et c'est justement pour ça que je refuse de…

— Allez, grimpe sur la scène !

La voix de l'animateur retentit pendant que le projecteur du club se retourne d'un coup, et se pose sur Chad.

La foule applaudit.

— Montre-nous ce que tu as dans le ventre ! s'exclame l'animateur.

Taylor ricane.

— On dirait que tu n'as pas le choix, Chad.

— Ah, ouais ? déclare Chad, le regard déterminé. Eh bien dans ce cas, toi non plus, tu n'as pas le choix !

Il l'attrape par la main et entreprend de traverser la foule.

— Quoi ? s'écrie Taylor dont le visage rayonnant arbore maintenant une expression de terreur absolue. Oh, non…

— Oh, oui ! répond Chad avec un large sourire, tandis qu'il l'aide à grimper sur scène.

— Ouais !

Les Wildcats rient et applaudissent quand Chad et Taylor concluent leur prestation d'un salut maladroit.

Au début, Taylor a eu l'air d'hésiter entre s'évanouir ou se mettre à blâmer Chad pour l'avoir mise dans cette situation. Puis, la musique a commencé. Chad a attrapé le microphone et a commencé à chanter une version exagérément ridicule d'une vieille chanson des années 1960. Comme d'habitude, Taylor n'est pas parvenue à rester fâchée bien longtemps contre lui. Avant qu'elle n'ait eu le temps de réagir, il lui a tendu le microphone et elle a attaqué le deuxième couplet, encouragée par les cris joyeux de la foule. À la fin, Chad et elle se sont partagé le microphone et ont chanté ensemble de tout leur cœur.

Quand elle sort de scène en courant, Taylor a le sourire fendu jusqu'aux oreilles.

— Tu sembles avoir détesté ça, Taylor, la taquine Gabriella.

— C'est bon ! Tu marques un point, réplique Taylor en riant et en essayant de reprendre son souffle. Je dois reconnaître que c'était plus amusant que je ne l'avais imaginé.

— Oh, regarde ! dit Gabriella en agrippant le bras de Taylor et en désignant la scène. Je n'en crois pas mes yeux !

Taylor suit son regard et se met à rire encore plus fort. Jason et Zeke ont décidé de chanter ensemble. Ils ont choisi une vieille chanson country qu'ils sont en train de beugler dans le microphone d'une voix hyper nasillarde qui fait crouler de rire toute la salle. Ils finissent leur numéro sous des tonnerres d'applaudissements.

Maintenant que la fête est lancée, les autres Wildcats ont tous hâte de monter sur scène. Plus cela sonne faux et plus tout le monde semble content. Gabriella chante avec Jason, puis Taylor chante avec Zeke. Troy fait une imitation d'Elvis Presley, et fait chanter toute la salle. Même Kelsi trouve le courage de participer en faisant les chœurs avec Gabriella et Taylor quand Chad se lance dans un numéro de Motown.

— C'est chouette, non, de voir chacun chanter avec quelqu'un de différent? demande Troy à Gabriella.

Elle hoche la têtc.

— C'est un peu comme l'an dernier à l'école, répond-elle. Quand les sportifs se sont enfin mis à parler aux jeunes de la troupe de théâtre…

— … et que les « cerveaux » se sont enfin mis à parler aux sportifs, termine Troy en riant. Tu as raison. On dirait que le karaoké a le pouvoir magique de rapprocher les gens… même ceux qui pensaient n'avoir rien en commun au départ !

Gabriella jette un coup d'œil derrière Troy et son sourire s'évanouit aussitôt.

— Hum ! dit-elle. Il y a une personne qui ne semble pas s'amuser.

Troy se retourne et aperçoit Sharpay assise au fond de la salle. Elle regarde les performances avec un air perplexe.

Tout le monde semble avoir tellement de plaisir, se dit Sharpay.

Elle ne comprend pas comment cela est possible. Ne voient-ils donc pas à quel point ils sont mauvais ? Comment peuvent-ils rire et plaisanter alors qu'ils viennent de se ridiculiser devant les spectateurs ?

Elle regarde Ryan qui monte sur scène et qui tend la main à Savannah pour l'aider à gravir les marches. Il va chanter avec… Savannah ? Elle a peine à le croire, mais les voilà qui se lancent dans le refrain d'une chanson pop bien connue. Bien sûr, selon Sharpay, Ryan est loin d'être aussi bon sans elle, mais de toute évidence, cela ne semble pas le déranger du tout.

Puisque c'est ainsi, Sharpay se dit avec assurance qu'elle va laisser tout le monde faire son petit numéro de son mieux, puis elle grimpera sur scène et volera la vedette. À vrai dire, il serait même temps qu'elle passe à l'action…

Elle saute hors de son siège pour indiquer à l'animateur qu'elle veut son tour au microphone. Mais elle n'a pas le temps d'attirer son attention que Zeke surgit et se dresse devant elle .

— Excuse-moi, lui lance-t-elle sèchement, mais j'allais justement monter sur scène !

— Je sais, répond-il, et j'adorerais aller chanter avec toi !

Elle reste bouche bée.

— Es-tu devenu fou ? Je répète mon numéro depuis des jours et c'est un solo, dois-je te le rappeler ! Et toi, toi… as-tu au moins déjà chanté une seule note avant ce soir ?

— Non, reconnaît-il avec bonne humeur, mais tu te souviens de ce que tu m'as dit hier soir ? Quand tu m'as dit que tu ne savais pas comment me remercier d'avoir remarqué ton absence et d'avoir lancé les sauveteurs à ta recherche ? J'ai pensé que ce serait la façon idéale de me remercier !

Sharpay rougit en constatant à quelle vitesse elle a oublié le soulagement et la gratitude qu'elle a ressentis envers Zeke, il y a à peine vingt-quatre heures.

— Allons, Sharpay, reprend Zeke en lui tendant la main. Tu me dois bien ça.

— Bon, d'accord, répond-elle avec un soupir. Après tout, tu as *vraiment* contribué au succès de mon sauvetage hier.

Pendant qu'ils avancent tous deux vers la scène, elle ajoute à la hâte :

— Laisse-moi quand même diriger le numéro, d'accord ? Tu peux chanter en retrait. *Pas trop fort.*

Il sourit et dit :

— Bien sûr, tout ce que tu veux. C'est toi la patronne.

Quand le projecteur se pose sur eux, Sharpay se lance dans sa chanson. Zeke, lui, reste sagement derrière elle et l'accompagne en chantant. Sharpay repère Sammy qui, dans son coin, près du matériel audio, danse au son de la musique et l'observe. Elle sourit en percevant un regard d'adoration dans ses yeux. Quand elle arrive au deuxième couplet, Zeke s'avance à côté d'elle et lui prend le microphone de la main. Il se met à chanter à tue-tête avec l'audace d'un… eh bien, d'un véritable chanteur !

Sharpay est tellement surprise qu'elle en reste bouche bée. C'est alors qu'elle remarque que toute la salle les acclame. Elle jette un coup d'œil à Zeke qui lui sourit en retour et qui lui tend le microphone afin qu'ils puissent chanter ensemble.

Elle hésite un court instant. Il faut dire qu'elle n'a pas l'habitude de partager la vedette ! Puis, à son tour, elle sourit à Zeke, et se penche vers lui. Ils chantent ensemble les deux couplets suivants avec de plus en plus de fougue. Pendant le dernier couplet, Zeke la fait tourner sur elle-même, et elle renverse sa tête vers l'arrière et rit. Ils concluent leur numéro d'un grand geste, puis se redressent, les mains jointes, et savourent les applaudissements et les cris déchaînés que la foule leur adresse.

— C'était une super performance ! s'écrie l'animateur de la soirée. Elle sera difficile à battre. Mais il est encore trop tôt pour cesser de s'amuser, alors… qui est le prochain à vouloir tenter sa chance ?

Quand Sharpay redescend sur le plancher de danse, elle a l'impression de flotter. Elle ne s'est pas sentie aussi heureuse depuis… eh bien, elle n'arrive pas à se rappeler la dernière fois où elle s'est sentie le cœur aussi léger qu'en ce moment. Elle décoche même un sourire radieux à Troy et à Gabriella qui la croisent en montant sur scène.

C'est alors qu'elle aperçoit Sammy. Il est debout près de la scène et lui fait un signe d'appréciation, le pouce en l'air. Il esquisse un geste en direction des haut-parleurs et articule sans bruit les mots « ne t'inquiète pas ». Enfin, pour être certain de bien se faire comprendre, il glisse un doigt en travers de sa gorge et lui adresse un sourire entendu.

Sharpay se souvient tout à coup du plan qu'elle a concocté avec Sammy ! Mais elle se sent tellement joyeuse à présent qu'elle ne veut pas que la soirée de quiconque soit gâchée. Même pas celle de Gabriella.

Elle essaie de se frayer un chemin jusqu'à l'endroit où se trouve Sammy. Elle doit absolument lui dire d'annuler le plan ! Mais un groupe de jeunes surgit devant elle et, le temps qu'elle parvienne à traverser la foule qui la sépare de Sammy, celui-ci a disparu.

— Voici à présent Troy Bolton et Gabriella Montez qui sont prêts à tenter leur chance ! annonce l'animateur.

Sharpay voit les Wildcats les acclamer. Elle ferme les yeux de frustration. Il est trop tard. Troy et Gabriella sont sur le point de débuter leur prestation. Elle n'arrivera jamais à rejoindre Sammy à temps…

La musique débute. Troy et Gabriella commencent à chanter. Sharpay ouvre les yeux sous l'effet de la surprise. Elle entend chaque parole et chaque note.

Ils ont choisi une ballade. La pièce débute doucement, puis devient de plus en plus intense. Sharpay observe les spectateurs. Ils sont captivés par la magie du moment et ils sourient en chantant.

Elle jette un coup d'œil sur la scène. Troy et Gabriella se regardent, les yeux dans les yeux.

Sharpay a un sursaut d'espoir qui fait battre son cœur plus rapidement. Peut-être que tout va bien se passer après tout ! Peut-être…

Et c'est à ce moment que la catastrophe se produit, exactement comme Sammy et elle l'avaient planifiée. Les lumières s'éteignent, plongeant la salle dans l'obscurité. La musique s'arrête en plein milieu du morceau. Les voix de Troy et de Gabriella s'évanouissent.

Soudain, les jeunes commencent à se plaindre bruyamment et à huer.

— Silence, tout le monde ! Restons calmes ! clame la voix de Troy avec autorité.

La salle se calme rapidement.

— Je suis certain que cette panne est momentanée, poursuit-il.

L'animateur s'avance rapidement.

— C'est exact, dit-il d'une voix forte. Le bureau vient de m'avertir que les lumières ont brûlé seulement ici, dans le club. Des membres du personnel arrivent avec des bougies et des lampes de poche… tiens, les voici justement !

Plusieurs employés entrent en transportant des plateaux. Sur chacun d'eux se trouve une douzaine de bougies décoratives dont les flammes vacillantes produisent une douce lumière dorée. Pendant qu'on installe les bougies autour de la salle, l'animateur reprend la parole.

— Je suis sûr que l'électricité va bientôt revenir. Pendant ce temps…

— Pendant ce temps, s'empresse de l'interrompre Troy, Gabriella et moi aimerions poursuivre notre numéro.

L'animateur a l'air surpris.

— Ah? Vraiment?

Troy questionne Gabriella du regard. Elle lui répond par un sourire et dit avec assurance :

— Oui, c'est ce que nous aimerions.

La salle est maintenant remplie de bougies. Leur lumière tamisée crée une ambiance feutrée. La foule émet un murmure d'approbation lorsque l'animateur de la soirée déclare :

— Très bien. Voici donc à nouveau : Troy Bolton et Gabriella Montez !

— Hier, un ami nous a offert cette chanson, explique Troy en lançant un clin d'œil à Ryan qui lui sourit en retour. Elle a été composée par une autre amie, Kelsi Nielsen. Bien sûr, la chanson ne se trouve pas sur le karaoké, mais puisque l'appareil ne fonctionne pas en ce moment…

— … nous aimerions quand même vous la chanter, termine Gabriella.

Elle plonge son regard dans celui de Troy. Il lui sourit. Elle lui sourit en retour et hoche la tête en silence. Puis, il entonne la chanson de Kelsi.

Dans la foule, Kelsi sourit. Jason lui serre la main en signe de fierté.

Au bout d'un moment, Gabriella joint sa voix à celle de Troy. Tout est doux. Simple. Sincère.

Depuis l'endroit où elle se trouve, près de la scène, Sharpay observe et écoute, tandis que la lumière des bougies se reflète sur les visages des spectateurs. Elle sait, sans l'ombre d'un doute, qu'elle est en train de perdre le concours de karaoké.

Mais, à sa grande surprise, cela ne lui fait rien.

Trente minutes plus tard, l'électricien du complexe hôtelier découvre l'origine de la panne. Il semble que les câbles du matériel de karaoké aient été mystérieusement mélangés et que cela ait causé une surcharge dans les circuits.

Sammy affirme qu'il ignore comment cela a pu se produire et promet de vérifier ses branchements deux fois plutôt qu'une à l'avenir.

Quand la lumière revient, cependant, tout le monde trouve que l'erreur de Sammy était en fait un heureux accident. Les spectateurs demandent qu'on éteigne à nouveau les lumières, et ils dansent à la lueur des bougies.

— Il est presque minuit, chuchote Troy à l'oreille de Gabriella. Aimerais-tu que nous allions dehors pour célébrer le Nouvel An ?

— Excellente idée, répond-elle en lui souriant.

Ils sortent sur la terrasse. Gabriella se tourne, et regarde par les fenêtres. À la lueur des bougies, elle reconnaît les silhouettes de Taylor et de Chad qui dansent ensemble, de Ryan qui fait tournoyer Savannah sur le plancher de danse, de Kelsi qui discute et qui rit avec Jason... et de Sharpay qui sourit à Zeke !

— C'est incroyable tout ce qui a changé en une seule année, murmure-t-elle.

— C'est vrai, approuve Troy.

Gabriella se retourne vers lui pour le regarder. Une neige légère vient de commencer à tomber et la lumière argentée du clair de lune ajoute une touche particulière à la scène.

— Mais d'autres choses n'ont pas changé du tout, reprend Troy. Nous revoici debout sous la neige, finissant l'année ensemble et attendant le coup de minuit, exactement comme l'an dernier.

Gabriella entend les gens dans le club qui commencent le compte à rebours.

— Dix ! Neuf ! Huit !

Sa mémoire retourne douze mois en arrière. Au même moment, l'an dernier, elle n'aurait jamais reconnu la nouvelle Gabriella qu'elle est aujourd'hui.

— Sept ! Six ! Cinq !

Elle est maintenant une fille entourée de nombreux amis, et d'un en particulier. Une fille qui n'est plus timide, enfin, qui ne l'est plus autant qu'avant. Une fille qui a envie de tenter de nouvelles expériences, comme chanter sur une scène, même si elle n'est pas toujours certaine de bien s'en tirer.

Et tous ces changements ont commencé à cet endroit précis.

— Quatre ! Trois ! Deux !

Elle sourit et se demande quel genre de changements la nouvelle année va lui apporter.

— Un ! Bonne année !

Des feux d'artifice éclatent dans le ciel et, à l'intérieur, les cris de joie jaillissent.

— Bonne année, Gabriella, dit Troy.

— Bonne année, Troy.

Elle tend les bras et l'enlace par le cou.

Peu importe ce que lui réserve l'avenir, elle devine que ce sera très doux.